서른세 살
직장인,
회사 대신
절에 갔습니다

서른세 살
직장인,
회사 대신
절에 갔습니다

초판 1쇄 인쇄 2020년 6월 1일
초판 1쇄 발행 2020년 6월 8일

지은이 | 신민정
펴낸이 | 金湞珉
펴낸곳 | 북로그컴퍼니

주소 | 서울시 마포구 월드컵북로1길 60(서교동), 5층
전화 | 02-738-0214
팩스 | 02-738-1030
등록 | 제2010-000174호

ISBN 979-11-90224-44-4 03810

· 잘못된 책은 구입하신 서점에서 바꿔드립니다.
· 이 도서의 국립중앙도서관 출판예정도서목록(CIP)은 서지정보유통지원시스템 홈페이지(http://seoji.nl.go.kr)와 국가자료공동목록시스템(http://www.nl.go.kr/kolisnet)에서 이용하실 수 있습니다.(CIP제어번호 : CIP2020021429)

상처받은 나를 위한
100일간의
마음 관찰기

서른세 살 직장인, 회사 대신 절에 갔습니다

신민정 지음

북로그컴퍼니

프롤로그

지금 이 순간,
삶에 지쳐 힘든 그대에게 도움이 되길

어쩌면 제목에 끌려 이 책을 집어 들었을 수도 있겠다. 한창 일할 나이인 30대 초반에 뜬금없이 절에 들어갔다고 하니 어떠한 사연이 있어서일까, 왜 이 사람이 그런 선택을 했을까 하는 궁금증이 일어났으리라 생각한다. 혹은 얼마나 믿음이 깊으면 절에 들어갈 마음까지 먹었을까 하고 생각했을지도.

나는 불자가 아니고, 종교도 없다.

단지 방전되고 시들어가는 나를 살리기 위해 절에 들어갔을 뿐이다. 이 글은 내 몸과 마음을 돌보며 치유되어가는 과정을 담은 나의 마음 관찰기라고 보면 되겠다.

절에 들어가기 직전 나는 과중한 업무와 틀어진 인간관계 속에서 몸도 마음도 지칠 대로 지쳐 있었다. 모든 걸 다 바치며 일했다고 자부했던 곳에서 나의 가치를 부정당했다고 느낀 순간, 같은 꿈을 꾸던 소중한 사람들과의 유대감이 사라진 순간 나를 맞이한 건 소외와 고립이었다. 사람에 대한 미움과 분노, 꿈과 목표의 상실, 육체적 질병과 마음의 상처로 얼룩진 하루하루는 지옥과도 같았다. 감당하기 버거운 현실과 감정의 소용돌이 속에서 벗어나기 위해 모든 것을 내려놓고 찾아간 곳이 바로 '절'이었다.

생각지도 못했던 곳에서 오로지 나의 내면에 귀를 기울이며 나를 관찰하고 탐구했다. 나에게 왜 이런 불행이 찾아왔을까? 무엇 때문에 이토록 괴로울까? 나는 언제 행복한가? 내가 진정 원하는 건 무엇일까? 스스로에게 묻고 또 물으며 나의 관심과 돌봄이 오직 '나'를 향하도록 했던 시간이었다.

100일간 이 공간에 머물면서 많은 것을 보고 듣고 경험했다. 이 시간 동안 내가 배우고 느낀 것들, 내가 가졌던 생각과 감정을 있는 그대로 남기고 싶어 일자별로 기록했다. 다만 비슷한 생각과 감정이 이어지는 날들은 지면에서 일부 덜어내었다. 나의 몸과 마음이 어떻게 변화되어가는지, 내가 나에 대해 알아가는 그 여정을 함께 따라가주면 좋겠다.

절에서 지내는 동안 현실에서의 고통은 다른 사람이나 환경이 만드는 것이 아니라 내 '생각'이 만들어낸 환상이란 걸 깨닫게 되었고, 그러자 지금의 내 모습과 상황을 인정할 수 있었다. 예전의 나처럼 자신을 이해하고 내면을 들여다보는 법에 서툰 이들에게, 자기 자신을 어떻게 알아가는지 그 과정을 나누고 싶은 마음에 이 책을 썼다.

지금 이 순간 삶에 지쳐 힘들다는 그대에게, 모든 것을 포기하고 싶은 그대에게 이 글이 조금이나마 도움이 되었으면 한다. 나의 경험은 나만의 경험이 아니라 당신의 경험이기도 하고, 내가 느낀 이 마음은 동시대를 살아가는 당신의 마음이기도 할 테니.

차례

PART 2. 어둠 후의 빛, 더없이 찬란한

PART 3. 나와의 마주침, 시절인연時節因緣

PART 4. 지금 이대로, 화양연화花樣年華

0일차

살기 위해,
그만해야 했다

서른한 살, 꿈과 비전이 같은 사람들을 만나 서울로 상경했다. 하라는 결혼은 안 하고 나이 많은(엄마 기준) 딸이 뜬금없이 서울로 간다고 하니 엄마는 몸져누우셨다. 하지만 더 늦기 전에 내 꿈을 위해 과감히 도전하기로 했다.

그렇게 나는 새롭게 시작하는 스타트업의 창립 멤버가 되었다. 멤버는 고작 세 명, 그러나 내게는 천군만마와도 같았다. 모든 것이 다 새롭고 신나는 일들이었다. 무엇보다도 따뜻한 마음과 뜨거운 열정을 가진 사람들을 만나게 되어 행복했다. 모두 끝까지 함께할 가족 같은 이들이라고 생각했다.

하지만 그 행복은 오래가지 못했다.

우리는 조금씩 어긋나고 부딪치기 시작했다. 살아온 환경이 다르고, 생각이 다르고, 소통 방식이 다르기에 필연적으로 일어날 수밖에 없는 갈등이었다. 하지만 왜였을까, 우리는 소통하지 못했다. 차라리 어긋나게 된 결정적인 사건이라도 있었으면 한바탕 싸우고 풀기라도 했을 텐데, 업무상 사소한 의견차에서 비롯한 갈등이기에 오히려 소통이 더 어려웠다. 아니, 그때는 소통이 어렵다는 생각조차 하지 못했다. 그러는 사이 서로에 대한 불만과 서운함은 하늘 높은 줄 모르고 쌓여갔지만 그 누구도 입 밖으로 말하지 않았다.

◆◆◆

"민정 씨가 하는 일은 도대체 뭐가 뭔지 알 수가 없어요!"

"민정 씨는 그 프로젝트를 진행할 자격이 없어 보입니다!"

망치로 머리를 세게 두드려 맞은 것 같았다. 가슴에 날카로운 칼날이 깊숙이 내리꽂히는 느낌이었다. 나의 존재 가치가 부정당했다고 생각했다. 내가 하는 일에 대해, 나의 존재에 대해 사람들이 그 가치를 몰라준다면 더 이상 내가 있을 필요가 있을까?

힘들어도 버텨온 이유는 오로지 꿈과 목표 때문이었다.

하지만 지금 내게 남은 건 나를 짓누르는 육체적 고통, 그리고 미움과 원망뿐이었다.

◆◆◆

그날도 내 손엔 회사 프로젝트의 두툼한 자료가 쥐어져 있었다. 방대한 분량의 내용을 확인하고 수정하고 편집하는 일을 몇 시간째 진행 중이었다. 그것도, 쉬어야 할 집에서.

복도에서는 초인종 소리와 사람의 인기척이 수시로 들려왔다.

"치킨 배달 왔습니다."

"주문하신 피자입니다."

방음이 잘 되지 않는 옆방에서는 TV 소리와 웃음소리가 새어 나왔다.

'오늘 왜 이렇게 소란스럽지?'

그때서야 알 수 있었다. 내겐 그날이 평소와 다를 바 없는 '월화수목금금금'의 보통날이었고, 남들에겐 일주일의 피로를 보상받을 수 있는 황금 타임, 토요일 저녁이라는 것을…. 내 손엔 아직도 끝나지 않은 업무가 한참이나 남아 있었다. 그것도 동료들에게 뭐가 뭔지 모르겠다는 평가를 듣는 업무가.

나는, 무엇을 위해 이러고 있는 걸까?

언제 잠들었는지도 모르게 의식을 놓았던 어두운 새벽, 몇 번의 뒤척임 끝에 눈을 떴다.

'허… 허….'

잠에서 깨어났는데 숨쉬기가 힘들었다. 얕은 호흡조차 버거웠다. 무거운 무언가가 나를 짓누르고 내 목을 조이고 있었다. 내 호흡조차, 내 몸조차 가누고 통제할 수 없었다.

숨을 쉬지 못하는 공포감에 압도되어 내 몸은 그대로 굳어버렸다. 애쓸 필요도, 노력할 필요도 없이 자연스러워야 할 호흡조차 힘겨운 이 상황에서 무엇이 중요하단 말인가?

살고 싶었다. 살아야겠다는 생각밖에 들지 않았다.

더 이상 지체할 것 없이 모든 걸 내려놓아야 할 시점이었다.

그다음 날, 회사를 떠났다.

지옥 같은 현실에서 벗어나기 위해.

끝없이 깊은 수렁에서 빠져나오기 위해.

◆◆◆

숨쉬기조차 버거운 현실과 감정의 소용돌이 속에서 벗어나기 위해, 아니 살기 위해 특단의 조치를 취해야 했다. 누군가는 여행을 가보라 했고, 누군가는 엄마 곁으로 가서 좀 쉬라고도 했다. 가장 친한 친구 A는 조심스럽게 정신과 치료를 권하기도 했다. 그들의 말이 하나도 틀리지 않기에 그럴까도 생각했다.

그런데 인연은 예기치 않게 찾아오기도 하는 법. 알고 지낸 지 오래된 심리학 교수님께서 마음의 상처를 스스로 보고 다독일 수 있는 곳이 있다며, 서울 강남 한복판에 있는 절을 소개해주었다. 절이라니…? 나는 불자도 아닌데, 더욱이 무교인데.

하지만 혼자 감당해내기 어려운 이 현실 속에서 나를 살리고자 했던 절박하고 간절한 마음 때문이었을까. 내 발걸음은 자연스럽게 교수님을 따라 그곳으로 향했다.

누가 말해주지 않으면 아무도 절이 있는지 모를 만한 어느 건물 6층의 문을 열자 나를 반겨준 것은 바로 향 냄새였다. 향 냄새가 코끝에 감도는 그 순간, 마음이 편안해졌다. 서울 어디서도 쉽게 느낄 수 없었던 아늑함이 나를 감쌌다.

그렇게 뜻밖의 인연이 시작되었다.

절의 주지 스님은 포근한 인상의 여자분이었다.

"스님, 저 잠시 여기에서 지낼 수 있을까요?"

"그래요. 그렇게 해요."

나의 조심스런 요청에 스님은 내 마음을 알아차린 듯 조용히 미소를 지으며 흔쾌히 받아주셨다. 허락이 떨어지자마자 집에 돌아와 짐을 쌌다. 사실 짐이랄 것도 별로 없었다. 가벼운 티와 편한 바지 몇 벌, 몇 가지 생필품이 전부였다. 단출한 짐을 챙겨 바로 절로 향했다. 잠깐 마음을 추스르고 안정을 찾자는 생각으로 가는 것이기에 그곳에서는 보름 정도 머무를 생각이었다.

PART 1.

멈춤,
생존의 갈림길에서

1일차

절에서 100일을 지내라고요?

"스님, 저 왔습니다."

"잘 왔어요. 얼마나 지낼 생각이지요?"

"보름 정도 있으려고요."

"적어도 100일은 있어야지요."

"네? 100일이요?"

100일이라니! 수험생 자녀를 위해서, 혹은 소원 성취를 위해 100일 기도를 한다는 말을 들어보기는 했다. 하지만 난 그런 경우가 아니지 않은가. 100일이란 숫자는 내게 까마득하게만 여겨졌다. 석 달 이상을 절에 머물러야 한다는 것인데 직장을 그만두고 서울에서 홀로 자취를 하는 나에겐 그 시간이 너무나 길게 느껴졌다. 빨리 마음을 잡은 후 얼른 일자리를 마련해서 생활을 해 나가야 한다는 생각뿐이었기에 100일은 상상도 할 수 없었다.

"스님, 안 돼요. 저 일도 새롭게 구해야 해요. 매달 고정적으로 나가는 비용도 꽤 있고, 생활비도 벌어야 하고…"

"절에서 살면 무슨 돈이 필요해요? 우선 나가는 비용들은 잠시 중단을 시켜놓고… 일단 100일은 지내보도록 해요. 우선 입재하기 전에 만 배부터 하세요."

입재(?)는 무슨 말인지도 모르겠고, 만 배(!)는 외계어처럼 들렸다.

한 보름 정도의 템플 스테이를 계획하고 온 건데, 예상치 못한 롱~ 템플 라이프라니 몹시 당황스러웠다.

하지만 당혹감과 두려움도 잠시, 내 속 어디에서 그런 용기가 튀어나왔는지,

"아… 어… 네, 그렇게 하겠습니다. 스님이 시키시는 대로 해보겠습니다."

라는 대답과 함께 나의 선택과 결정을 받아들이기로 했다.

'맞아. 100일은 지내봐야겠지…. 무언가를 달성할 때도 그렇고,

확실한 변화가 있으려면 그 정도의 시간은 필요하니까. 100일 정도 바깥세상과 멀어진다고 해서 하늘이 무너지는 것도 아닌데 뭐. 이번 기회에 몸과 마음을 깨끗이 정화해보자. 본래의 내 모습을 회복하는 거야. 그래, 한번 해보자!'

두 주먹을 불끈 쥐며 결연한 의지를 다지듯 절에서의 첫날을 맞이했다.

2일차

쫄지 마,
겁먹지 마!

본격적으로 절을 시작했다. 만 배라고 하면 108배를 백 번 하는 것. 정확히 말하면 1만 800번의 절을 하는 것이다. 가늠하기조차 어려운 숫자다. 그런데 절에 오는 신도 중 한 분이 "만 배 금방이에요. 하루 천 배씩 열흘이면 끝나는걸요."라고 한다. 또 누군가는 천 배도 별것 아니라며 베테랑들은 서너 시간이면 충분히 하고도 남는다고 했다. 그러면서 쉬엄쉬엄 하라고 했다. 마치 그 말이 내게 큰 위로가 될 것이라 여기는 듯 밝은 미소를 지으면서….

처음에 만 배를 하라는 말을 들었을 때는 '아, 100일 동안 만 배를 하면 되겠구나. 그러면 하루에 300배 정도씩만 하면 되니까… 음, 그 정도는 충분히 할 수 있지. 슬슬 하면 되겠다.' 하며 여유 있는 웃음을 지었다. 하지만 그것은 나만의 오산이었음이 바로 드러났다. 입재란 수행과 기도를 시작하는 것을 뜻하는데, 만 배를 해야만 입재를 할 수 있다고 했다. 다시 말해 수행을 하려면 '예선'부터 통과하라는 뜻이었다. 이를 위한 '만'이라는 거대한 숫자 앞에 나는 한없이 작아졌다.

'하루에 천 배? 말이 쉽지 그게 가능해? 계속 절을 해온 것도 아니고, 나에게 이건 너무 과한 숙제야….'

큰 바윗덩어리를 짊어진 느낌이었다. 해보지도 않고서 지레 겁을 먹은 채 풀이 죽었다.

하지만, 하기로 하지 않았는가?

'휴… 우선 해보자!'

어둠이 그윽하게 깔린 5시의 새벽 예불 시간부터 시작해서 오전 10시의 예불을 지나, 오후 5시의 저녁 예불 때까지 절은 계속되었다. 절을 하는 횟수를 세기 위해 108배를 끝낼 때마다 머리맡에 사탕 하나씩을 놓아두었다. 저녁 무렵이 되니 내 머리맡에 열 개의 사탕이 놓여 있었다.

'어머나! 내가 천 배를 해냈다니!'

송골송골 맺힌 땀방울이 볼을 타고 또르르 흘러내렸다. 짜릿한 감동이 일었다. 들뜨고 기쁜 마음을 감출 수 없었다.

처음에는 108배를 하고 잠깐이라도 휴식을 취해야만 다시 절을 시작할 수 있었는데, 그렇게 두어 번 하고는 200배를 하는 것이 가능해지더니 어느새 300배를 쉬지 않고 하고 있었다.

'어라?! 하니까 되네?!'

꼭 해야겠다는 마음을 먹고, 조금씩 조금씩 쪼개서 하다 보니 목표를 가뿐하게 달성했다. 천 배를 달성한 것만으로, 턱없이 높게만 느껴지던 '만 배 절하기'라는 목표에 성큼 다가선 느낌이다.

처음으로 천 배를 달성한 기쁨은 매우 달콤했다.

'그래, 나도 잘할 수 있는 사람이야. 괜히 쫄지 마. 겁먹지 마!'

내게 용기를 주는 밤이다.

3일차

꿈 I

꿈을 꿨다.

꿈속에서 나는 굉장히 분노해 있었다.

어떻게 나에게 그럴 수 있느냐고 고래고래 소리치며 따졌다.

악에 받쳐 절규하는 모습이었다.

그 모습이 어찌나 애처롭고 안쓰럽고 가엾던지 잠에서 깨니 눈가에 눈물이 흐르고 있었다.

마지막이 아름답지 못했다. 아름다운 이별이란 원래 없다고, 소설 속에만 있는 것이지 그딴 게 어디 있냐고 말들 하지만 아름다움은커녕 마무리조차 제대로 하지 못했다.

같은 꿈을 안고, 오랫동안 함께 성장하자는 뜻을 모은 사람들이었다. 서로를 귀한 인연이라 여기며 밤낮을 함께 해온 사이였는데…. 그들은 내가 회사를 쉬겠다고 하자 마치 기다렸다는 듯 나의 후임을 뽑더니 빨리 캐비닛을 비워달라고 재촉했다. 이게 '걱정 말고 몸 회복에만 신경 써라.'라고 말한 사람들의 태도가 맞는지….

그들을 보면 눈물밖에 나올 것 같지 않았다. 울면서 짐 싸고 나가는 모습을 보여주고 싶지 않았다. 추석 연휴가 끝난 이른 아침, 짐을 정리해서 나왔다. 관계의 무정함에 회의감이 밀려왔다. 허망하고 허탈하기 짝이 없었다.

가족 같은 관계란 역시 환상이자 욕심에 불과했다. 가족이 아닌데 가족이기를 바란 내 어리석음을 두고 누구를 탓할 것인가.

괴로운 마음을 쫓아내고자 미친 듯이 절을 했다. 이 고통을 없앨 수만 있다면 얼마든지 하겠다는 전투적인 마음으로 뼈가 으스러질 듯이 온 힘을 다해 필사적으로 절에 매달렸다. 이 고통을 견뎌내기 위해서 내가 지금 할 수 있는 건 그것이 전부였다.

어느새 흘러내린 눈물과 땀이 온몸을 흠뻑 적시고 있었다.

4일차

3천 배의 힘

절에 매달렸다.

매달렸다는 말 말고는 달리 표현할 길이 없었다.

산산이 조각난 관계, 깨져버린 신뢰, 오랫동안 공들였던 목표의 상실이 주는 고통을 받아내기란 쉽지 않았다. 생각이 쉬지 않고 이어지며 날 가만히 놔두질 않았다.

절은 육체적으로, 정신적으로 한없이 유약해진 나를 살리기 위한 몸부림이었다. 이 고통에서 벗어나고 싶다는 절박하고 간절한 기도였다.

그렇게 반복하기를 사흘, 어느새 3천 배를 훌쩍 넘겼다.

몸을 낮추고 고개를 숙이는 대신 진실한 마음과 간절함이 하늘 높은 곳에 닿은 것일까.

성난 파도처럼 나를 집어삼킬 것 같은 괴로움이 잠잠해져갔다. 좀처럼 내버려두지 않고 내 머릿속을 헤집던 생각들이 조금씩 나를 놓아주기 시작했다.

이제 겨우 3천 배를 했을 뿐인데, 지독하게 나를 괴롭히던 상대에 대한 미움과 분노의 감정들이 가라앉기 시작했다. 억울하고 분한 마음은 눈물과 땀이 되어 흘러가는 듯했다.

진흙탕 속 찌꺼기가 가라앉고 난 후 물이 맑아지듯, 힘들고 지친 몸과 달리 마음은 개운해지고 머리는 한결 가벼워졌다.

5일차

하기 싫은 마음

토독토독 투닥투닥….

새벽부터 비가 내렸다. 잠에서 깨어나니 온몸이 아프고 쑤셔댔다. 여느 때처럼 비에 내 몸이 자연스레 반응한 건지, 아니면 잔뜩 뿔나 있던 내 생각과 맞서느라 애먼 관절을 못살게 군 탓인지 뼈마디 하나하나가 다 욱신거렸다. 그야말로 온몸이 천근만근이었다.

더 누워 있고 싶다는 생각이 간절했다. 끝까지 모른 척 잠들고 싶었다. 내 몸이 내 것이 아닌 것 같았다. 손가락 하나 까딱하는 것도 힘겹게 느껴졌다. 마지막의 마지막의 마지막까지 버티다…

새벽 예불을 위해 간신히 몸을 일으킬 수밖에 없었다.

기어코 해내었다. 세어보니 지금까지 4천 700배를 했다. 내 안에서 요동치는 심적 갈등을 이겨냈다. 하고자 한 것을 끝까지 해내려고 노력하는 내가 기특하고 대견했다.

여기서의 생활이 아직은 많이 어색하고 불편한 것투성이다. 힘들고 하기 싫은 마음, 쉬고 싶은 마음이 몇 번씩 오르내린다. 평소에는 하지 않았고, 할 수 없을 거라 생각했던 것들을 몸과 마음으로 받아들이는 연습을 하는 중이다.

6일차

다행이다,
참으로 다행이다

아침부터 저녁까지 계속된 절은 어느덧 6천 배를 넘어섰다.

절을 하며 '감사합니다'를 수도 없이 외웠다. 지금의 내 상황을 기꺼이 받아들이려고, 오랫동안 어두웠던 내 마음에 밝은 빛을 비추려고 안간힘을 썼다.

미움과 분노가 이제 조금 가라앉았으나 후유증이 채 가신 건 아니었다. 괜찮다가도 불쑥 예전 기억들이 떠오르면 울컥하기 일쑤고, 서운한 감정이 내 머릿속을 마구 휘저어놓는 건 여전했다.

하루에 두 군데서 연락을 받았다.

오전에는 스타트업에 합류하기 전에 다녔던 직장 동료에게서 전화가 왔다. 갑작스런 그의 연락이 반갑고 놀라웠다. 요즘 어디서 뭐 하냐는 말에 선뜻 답이 나오지 않았다. 뜬금없이 "절에 있어요."라고 하며 여기에서 지내게 된 상황을 일일이 말하고 싶지 않았다.

그가 전화를 한 이유는 이랬다. 우리가 함께 일했던 회사의 경쟁사 한 곳으로 이직을 했는데, 비슷한 시기에 같은 곳으로 이직한 본부장님이 나를 찾았다고 했다. 현재 회사에서 교육 담당자 충원이 필요한 상황이어서 나에게 연락을 취해보라 했단다. 한마디로 스카우트 제의가 들어온 것이었다. 원래 일하던 분야라 바로 투입되어도 큰 무리는 없었고 제시한 연봉도 꽤 괜찮았다. 그 말을 듣자 마음이 흔들렸다. 본부장님께 감사하다는 말씀 전해달라고 부탁하며 생각해보겠다고 하고서 전화를 끊었다.

엄마도 보고 싶었고, 집에서 집밥 먹으며 안정적인 생활을 할까? 하는 생각도 들었다. 그리고 무엇보다도 동료가 전해준 마지막 말 한마디가 뇌리에 남았다.

"민정 씨는 꼼꼼하고 실수가 없어서 다들 좋아했잖아요. 본부장님도 맡겨놓으면 따로 입 댈 게 없는 친구라며 민정 씨한테 먼저 연락해보라고 하시더라고요."

오후에는 퇴사한 스타트업에서 연락이 왔다. 퇴직금 정산이 처리 완료되었다는 무미건조한 문자메시지였다. 공적인 용건 외엔 어떠한 인사말도 찾아볼 수 없었다.

그 메시지를 보자 눈물이 뚝뚝 떨어졌다. 잠시나마 잊고 있었던, 나에게 비수를 꽂게 했던 그 말이 다시금 생각의 수면 위로 떠올라 내 머릿속을 빙빙 돌며 나를 괴롭게 했다. "민정 씨, 도대체 뭘 하고 있는지 모르겠어요!"

맡겨놓으면 따로 입 댈 게 없는 사람도, 도대체 뭐 하는지 모르겠다는 사람도 같은 한 사람, 바로 나였다. 똑같은 사람을 두고 너무나 다른 평가를 받은 아이러니.

피식….

이 상황에 나도 모르게 헛웃음이 나왔다. 그리고 이어서 안도의 한숨이 터져 나왔다.

그동안 매일 진심으로 한 기도가 통한 것일까. 전 상사의 스카우트 제안은 존재 가치를 부정당했다고 생각했던 나에게 큰 위로와 용기가 되었다. 그리고 마지막이 깔끔하지 못했던 탓에 잡음이 있을 거라 염려했던 퇴사도 순탄하게 처리됐다.

마음이 밝은 쪽으로 향했더니 꼬였던 일이 쉬이 풀리고 감사할 일이 내게 오는 듯했다. 다행이다. 원망의 마음으로 마지막을 장식하지 않을 수 있어서.

#7일차

내 마음을 지키는 게 먼저야

어제 예전 동료의 전화를 받고서 이런저런 생각이 머릿속을 바쁘게 돌아다녔다.

솔깃한 제안이었다. 힘든 만 배를 그만둘 수 있는 그럴듯한 기회였다. 서울로 상경했을 때 가졌던 목표에 대한 결과물이나 성과를 얻지 못한 상태에서, 도로 내려갈 수 있는 합당한 이유가 되어줄 것 같았다. 엄마도 기뻐할 만한 소식이었다. 타지에서의 고생을 끝내고 아늑하고 포근한 내 집으로 돌아갈 수 있는 길이기도 했다. 달콤한 유혹이었다.

그러다, 멈칫했다. 몸은 절을 하고 있는데 마음은 눈앞에 놓인 이익을 계산하느라 바쁜 나를 발견한 것이다. 스스로 겸연쩍었다. 생각을 멈추고 바른 자세로 앉은 후 조용히 눈을 감았다. 그리고 내 마음을 찬찬히 들여다보기로 했다.

'내려가서 바쁘게 지내다 보면 당장은 편할 수도 있겠지. 당분간 적응하느라 다른 생각 할 겨를이 없을 테니까. 따로 직장을 구해야 하는 스트레스나 골치 아픈 일 없이 안정적인 수입도 생기는 거고. 그런데… 그런데 말이야. 진짜 다행인 일일까? 잠깐 내리는 비를 피하는 것에 불과하지 않을까?'

고요한 침묵 속에서 내게 묻고 또 물었다.

'지금 내게 정말 필요한 것이 무엇인지 생각해봐. 지금 내게는 돈이나 일할 직장이 필요한 게 아니야. 진짜 내 마음이 원하는 것이 무엇이라 생각하니?'

그렇게 차분히 있기를 잠시…. 마음이 내게 말을 건넸다. 저 깊은 곳 어딘가에서 답이 들려오기 시작했다.

'지금은 내 마음을 지키는 게 먼저야. 내 건강, 내 마음을 돌보는 게 중요해!'

마음 깊숙이 들어가 내면의 소리를 따라가 보니 고민할 여지가 없었다. 애초에 고민거리조차 되지 않는 일이었다. 지금 여기서 모든 걸 정리하고 돌아간다면 괴로움을 잠시 회피하는 꼴일 뿐이었다. 또다시 바쁜 일상에 파묻혀 똑같은 생활을 반복하며 힘들어할 내 모습이 빤히 보였다.

주저하지 않고 바로 전화를 걸었다. 감사의 표현과 함께 정중하게 거절했다.

"벌써 결정 내린 거예요? 좋은 조건인데 한 번 더 생각해보는 게 어때요? 너무 아까운데…."

"감사해요. 저도 좋은 기회를 주신 건 아는데 지금은 제게 필요한 자리가 아니어서요."

아쉬운 마음 같은 건 없었다. 오히려 시원하고 몹시 개운했다.

나의 이런 선택과 결정이 맘에 들었다. 나를 속이지 않고, 내 마음에 귀 기울여준 나 자신이 뿌듯하고 고마웠다. 그런 마음으로 절을 해서 그런지 그 어떤 다른 날보다 수월하게 절을 마쳤다. 덤으로 입가에는 미소가 번졌다.

'잘했어. 마음의 소리를 들어준 나에게 고마워!'

8일차

모든 것은 내 마음에서 비롯됨을 깨닫다

오늘까지 9천 번의 절을 했다. 오전까지만 해도 번잡한 생각들이 머릿속 여기저기서 요란하게 소리쳤다.

'아… 하기 싫어.'

'무릎도 아프고 오금이 너무 당겨. 정말 아파.'

'힘들어. 눕고 싶다….'

그뿐만이 아니다. 몸은 여기 있는데 머리는 자꾸 나를 힘들게 했던 과거로 소환되는 느낌이었다.

하지만 이런 생각들이 떠오를 때마다 세차게 머리를 흔들었다. 그리고 호흡에 집중하고 절하는 동작 하나하나에 최대한 신경을 모았다. 그러기를 수백 번 반복하다 보니… 오만 가지 생각을 쫓아낼 강력한 힘이 발휘되어 나를 지켜줬다.

어느새 불교에서 말하는 일체유심조, 즉 '모든 것은 내 마음에서 비롯된다.'라는 진리를 실감하기에 이르렀다. 내가 만나는 사건, 사람, 상황은 나에게서 비롯된다는 명백한 진실을….

4년 전, 교통사고로 피폐해진 몸과 마음을 매일 108배와 명상을 통해 정화시켰었다. 한 6개월 동안 매일 새벽에 일어나 108배를 하고 명상을 했더니 건강 회복에 많은 도움이 되었다. 그 당시에는 어떤 종교적 의식이라기보다 하나의 운동법이었는데, 어쨌든 덕분에 차분하고 편안한 아침을 맞이할 수 있었고 하루를 기분 좋게 시작할 수 있었다.

깨끗하고 맑은 마음에서는 좋은 일만 일어났다. 모든 것이 술술 풀렸고 내가 생각하는 대로 모든 것이 다 이루어지는 느낌이었다. 그토록 가고 싶었던 한 달 간의 유럽 여행을 할 기회가 생겼고, 알아서 직장이 굴러 들어왔다. 만나기 힘든 사람들과 인연이 닿았다. 홀로 독립하여 살고 싶었고 서울 생활을 꿈꿨는데 이것 역시 이루어졌다. 차례차례 내가 원하는 대로 삶이 흘러갔다. 매일이 감사, 감동, 감탄의 연속이었다. 그때는 살아 있는 것 자체만으로 가슴 뭉클했다.

그러다 그 마음도 점차 시들해졌다. 일에 치이고 사람에 치이다 보니 어느 순간 감사함이 눈에서 멀어지고 마음에서 사라져갔다.

감사한 마음이 옅어지니 안 좋은 상황들이 이어졌다. 아무리 좋은 사람들이라도 하루 대부분의 시간을 함께하다 보니 서로 지쳤고, 가까운 거리만큼 서로의 다른 점도 많이 발견되었다. 일하는 방식의 차이, 의견의 차이, 관점의 차이가 드러났다.

사소한 갈등에서 시작된 불협화음은 조금씩 커져가다 종국엔 그 소리마저 사그라졌다. 부딪쳐야 소리라도 나고 서로 맞추어볼 수 있을 텐데 대화가 사라지자 관계를 진전시킬 기회마저 잃어버렸다.

그런데 그때 나는 어떤 마음이었나, 돌아보니 그저 상대에게 바라기만 했었다. 내 안에서는 '힘든 내 마음 좀 알아줘. 이런 나에게 관심 좀 가져달라고' 하는 그들을 향한 외침이 끊임없이 울려 퍼졌다. 이걸 직접 말하지도 않고 그냥 알아주길 바랐다. 당연히 알 거라 생각했다. 허나 표현하지 않으니 상대는 알아챌 리도, 이런 내 마음을 받아줄 리도 없었다.

지금 와서 생각해보면 나는 나의 우울을 이용하고 있었다. 그렇게 하면 상대가 감싸줄 거라 생각했다. 이해받을 수 있을 거라 생각했다. 움츠려 있는 나를 보면 알아서 달래줄 거라 믿었다.

그때 남에게 내 마음을 알아달라고 할 일이 아니었다. 내 마음을 먼저 바꿔야 했다. 맑은 마음에서는 좋은 일이 일어나듯이, 어두운 마음에서는 상황이 개선되지 않고 나빠지기만 했다. 상황이 나빠지니 마음이 어두워지고, 마음이 어두워지니 상황이 악화되는 악순환이 계속되었다. 그런데도 나는 내 마음을 들여다보지 못하고 상대 탓, 상황 탓만 하고 있었다.

이것이 내게 그토록 큰 정신적 고통과 육체적 병을 가져온 것임을… 수없이 절을 하며 깨닫게 되었다.

이제야 알았다. 이제껏 나를 괴롭힌 고통의 원인은 내 생각 때문이라는 것을. 그리고 이것은 누가 해결해줄 수 있는 것이 아님을. 결국, 나 자신이 치료제이자 회복의 열쇠를 쥔 당사자였다. 몸과 마음의 병을 낫게 하기 위해 해야 할 일은 오로지 내 생각을 관리하고, 감정을 돌보는 것임을 발견했다. 절을 하고 내면을 돌아보며 몸으로 깨달은 값비싼 가르침이다.

9일차

왜 이래~
나, 만 배 한 여자야!

AM 07:07

'콩닥콩닥….'

아침부터 심장이 방망이질을 해댔다. 가슴이 떨려왔다.

어제 1천 400배를 했다. 하루 동안 절을 한 최고 횟수를 경신했다. 목표한 만 배를 마치기 위해 지금껏 열심히 달려왔다. 몇 시간 뒤면 드디어 만 배를 달성할 수 있다는 생각에 긴장감이 찾아왔다. 대체 이게 뭐라고….

반면 하기 싫은 마음과 피하고 싶은 마음도 함께 교차했다. 조금만 더 하면 만 배를 마칠 수 있는데, 끝내겠다는 욕심과 달리 뒷걸음질 치고 싶은 마음도 올라왔다. 하지만 투정하는 마음을 조심스레 잘 달래며 한 배 한 배 절을 했다. 곧 찾아올 짜릿함과 달콤함을 기대하며.

PM 02:48

드디어 200배의 절만을 남겨두고 있다. 심장이 쿵쾅거린다.

정말 끝이 보인다는 생각에 긴장감이 고조되고 흥분이 몰려왔다. 만 배를 마치고 나면 새로운 세상이 펼쳐질 것 같은 기대감에 잔뜩 부풀었다. 마치 이 세상이 만 배를 하기 전과 만 배를 하고 난 후로 나뉘는 것만 같았다.

그렇지만 끝나기 전까지는 끝난 것이 아니다.

긴장을 늦추지 말자. 마지막까지 천천히, 차분히 잘 해내자는 생각을 하며 천천히 몸을 움직였다.

PM 03:36

2018년 10월 9일 오후 3시 36분. 9일 만에 만 배를 달성했다.

얏호! 귓가엔 자체적으로 팡파르가 울려 퍼졌다. 절 좀 한 것 가지고 왜 그리 유난스럽게 호들갑을 떠느냐고 하겠지만 안 해 본 사람은 모른다. 도저히 넘을 수 없을 것만 같았던 거대한 산을 넘은 이 기분! 이루었다는 성취감과 희열이 아드레날린을 폭발시켜 온몸의 피를 돌게 했다.

200배를 남겨두고는 약간의 긴장감이 감돌았으나 마지막 100배가 남았을 땐 얼굴에 절로 미소가 번졌다. 몸도 깃털같이 가벼운 것이 너무나 거뜬했다.

드디어 만 배에 닿았다. 마무리로 3배를 할 때의 짜릿함이란!!!

머리끝부터 발끝까지 이루 말할 수 없는 전율이 일었다.

만 배를 할 수 있는 건강한 몸을 가진 것에 감사했고, 이것을 해낼 수 있는 의지를 가진 것도 감사했다. 그리고 끝까지 포기하지 않고 묵묵히 해낸 나 자신에게 진심으로 감사했다.

이 순간 오로지 감사, 감사, 감사뿐이다.

오늘은 매년 돌아오는 한글날이 아니었다. 2018년 10월 9일 오후 3시 36분이란 날짜와 시간은 나에게 매우 특별하고 의미 있게 남겨질 것이 분명했다. 오늘의 이 순간을 절대 잊지 말자고 나 스스로에게 속삭여주었다.

그리고 무언가를 함에 있어 주춤하거나 마음이 약해지려 할 때 주문처럼 이 말을 외치게 되리라.

"왜 이래~ 나, 만 배 한 여자야!"

#10일차

몸뚱이에 지배되지 않는 삶

만 배를 마친 다음 날 새벽 4시 30분. 일어나려 하는데 몸이 말을 듣지 않았다. '아….' 하고 앓는 소리가 절로 나왔다. 여기저기 쑤시지 않는 곳이 없었다. 정말이지 아무것도 하지 않고 쉬고 싶었다. 계속 눕고 싶은 마음뿐이었다.

만 배를 향한 일념하에 하루 천 배 이상의 절을 하다가 만 배를 해내고 긴장이 풀려서일까, 아니면 질려버린 것일까…. 이대로 시간이 멈췄으면 좋겠다는 말도 안 되는 상상을 했다.

하지만 어쩌랴. 내가 절에 있는 이상 예불 시간만큼은 참석하는 것이 마땅한 도리이고, 예불 시간마다 108배를 하기로 스님과 약속했으니 별수 없이 일어나야 한다. 찌뿌둥한 몸을 가까스로 일으켜 법당에 내려갔다.

절을 하려고 몸을 숙이자 모든 뼈마디가 아우성치는 듯했다. 팔목에서부터 허벅지, 무릎, 오금까지 찌릿하고 욱신거렸다.

하기 싫다는 생각이 머릿속을 지배하려고 할 때 며칠 전 스님께서 들려주신 이야기가 생각났다.

"80세가 넘은 노스님이 계세요. 참선하실 때 보면 젊은 사람보다도 더 꼿꼿하고 자세가 곧으시지요. 건강 또한 매우 좋으셔서 그 비결이 무엇인지 여쭤보았습니다. 그랬더니 스님께서 이렇게 답하시더군요. 평생 동안 몸이 하자는 대로 허락하지 않았다고…. 우리는 먹고 싶으면 막 먹어대고 몸이 하기 싫다 하면 하지 않지요. 늘어지고 싶다고 계속 늘어져 있으면 내가 내 몸한테 지는 거예요. 몸이 하자는 대로 살면 동물과 다를 바가 뭔가요?"

80대 노스님께서 평생 동안 지켜온, 몸을 대하는 자세에 감복했다. 그리고 스스로를 돌아보니 부끄러운 마음에 자연스레 고개가 숙여졌다.

그랬다. 나는 내가 몸을 데리고 사는 것이 아니라 몸뚱이에 지배된 삶을 살았다. 피곤을 잠으로 보상받으려 했고, 힘들다는 이유로 쓰러져 있기 일쑤였다. 귀찮다는 이유로 편의점 음식과 배달 음식으로 배를 채우곤 했다.

곧바로 정신을 차렸다. 다시 정성을 모아 한 배 한 배 절을 했다. 천천히 몸을 움직였다. 신기한 것은 그렇게 아파하고 하기 싫어하던 절도 10배, 20배가 넘어가면 생각보다 힘들지 않다는 것이다. 그럭저럭 할 만하다. 처음에 올라오는 하기 싫은 마음, 포기하고 싶은 마음을 조금만 견디고 이겨내면 언제 그랬냐는 듯이 잘 해낸 나를 마주한다. 덤으로 찾아오는 뿌듯함과 보람은 기분 좋은 선물이다.

예전에는 이런 사실을 몰랐다. 아니, 싫은 마음을 이겨낼 시도조차 하지 않고 쉽게 포기했을 것이다. 일어나기 싫으면 그냥 자고, 몸이 무겁다는 둥 컨디션이 좋지 않다는 둥 갖가지 이유를 대며 회피했을 것이다.

오늘 하루, 난 세 번의 예불 시간 동안 300배의 절을 무사히 마쳤다. 이 시간을 통해 몸뚱이에 지배되지 않는 법을 배운다.

11일차

산 넘어 산

"만 배를 잘 해냈어요. 축하해요. 이제는 몸과 마음을 깨끗이 하는 입재 기도를 드리겠습니다. 오늘부터 매일 경전을 소리 내어 읽으세요. 무슨 말인지 잘 이해되지 않을 겁니다. 몰라도 계속 읽으세요. 108회독 마칠 때까지 계속하세요."

"헉! 108회독이요?"

만 배가 끝나자마자 내게 주어진 것은 경전 읽기였다. 불자가 아니었기에 불교 경전은 내게 생소하기만 했다. 경전을 백 번 넘게 읽으라는 것도 놀랐지만 그보다 더 나를 놀라게 만든 건 내 손에 쥐어진 책의 무게와 두께 때문이었다. 붉은색 가죽 표지에 금빛 찬연하게 '묘법연화경'이라는 글자가 새겨져 있었다. 성인조차 한 손으로 들기 힘들 정도로 묵직한 이 경전에 나는 단번에 압도되었다. 마음속에서는 약간의 의심과 염려가 스멀스멀 밀려오기 시작했다.

'이거 언제 다 읽지? 과연 읽는다고 이해를 할 수 있을까? 아무리 내가 지금 절에 있지만, 만 배가 끝났으니 나가서 할 일을 준비하려 했는데….'

휴… 나도 모르게 깊은 한숨이 새어 나왔다.

만 배만 끝나면, 하라는 절만 다 하면 예불 시간 외에는 자유로울 줄 알았다. 그런데 또 내 앞에 넘어야 할 큰 산이 기다리고 있다니…. 내 입술 언저리에서 말이 길을 잃었다. 이 또한 받아들이기 위해 잠시 침묵의 시간이 필요했다.

'스님이 하라고 하신 데는 이유가 있겠지. 그래, 까짓거 한번 해보자!'

만 배를 할 때도 그랬다. 해야 된다고 해서 그냥 했다. 절을 왜 해야 하냐고, 하고 나면 무엇이 좋냐고 묻지 않았다. 그렇지만 하면서 깨달았고, 생각한 것 이상의 많은 배움이 있었다. 경전 읽기 또한 그러하겠지. 또 한 번 굳게 마음먹고 경전을 펼쳐 들었다.

보통 '법화경'이라 불리는 《묘법연화경(妙法蓮華經)》. 풀이하자면 더러운 흙탕물에서 자라지만 더러운 데 물들지 않는 흰 연꽃과 같은 올바른 가르침이라고 한다. 이 경전을 읽고 나면 내 마음도 연꽃과 같이 청정해질까 하는 작은 기대를 품어본다. 그리고 속으로 외쳐본다.

지금 내가 하는 모든 것들이 나에게 복이 되기를…

지금 내가 하는 모든 것들이 나에게 덕이 되기를…

그리고 내가 하는 모든 것들에 추호의 의심도 하지 말기를!

12일차

걸레가 더러울까, 내 마음이 더러울까

'오늘은 내가 좀 해볼까?'

나의 주 생활 근거지는 70여 평의 법당이다. 매일 새벽 5시 정각에 시작되는 새벽 예불 10분 전부터 밤 10시 취침 전까지 온종일 여기서 머무른다고 생각하면 된다.

절에서 지내는 요 며칠 사이 신기한 것을 한 가지 발견했다. 특정 사람에게 특정 역할을 맡기지 않아도 자연스럽게 일이 돌아간다는 것이다. 가령 청소 당번을 정해두지 않아도 누군가가 청소를 한다거나, 설거지 당번을 정해두지 않더라도 많은 사람들이 사용한 컵을 누군가가 씻어놓는 등 모든 것이 자발적으로 이루어진다. 절에 다니고 수행을 하면서 얻게 된 배움을, 자발적 선행으로 베풂으로써 그대로 실천하는 사람들…. 절에 괜히 다니는 게 아니었다. 절 곳곳에 수행의 흔적이 깃들어 있다.

새벽 6시, 아침 식사를 하고 법당에 내려오니 아무도 없었다. 사람들이 오기 전에 오늘은 내가 먼저 청소를 해야겠다 싶었다. 우선 청소기를 손에 잡고 법당 안을 부지런히 돌아다녔다. 흩날리는 먼지 한 톨도 놓치지 않겠노라 작정했다.

일단 눈에 보이는 먼지들이 자취를 감춘 것을 확인하고는 걸레질을 시작했다. 안 보이는 부분도 그냥 지나치지 않으려 꽤나 신경 쓰며 구석구석 깨끗이 닦았다. 그렇게 한참을 청소하고 나니 이마에 소스락소스락하게 구슬땀이 맺혔다. 법당 바닥만큼이나 내 마음도 환해진 기분이었다.

청소를 마친 후 걸레를 들고 화장실로 향했다.

“아앗, 더러워!”

온 바닥의 먼지를 훔쳐내 검게 변한 걸레를 보고 나도 모르게 튀어나온 말이었다.

걸레를 빠는 동안 많은 먼지더미와 머리카락, 구정물이 손을 타고 흘렀다. 그걸 보자 생각 하나가 머릿속을 비집고 들어왔다.

‘과연 눈에 보이는 이것들이 더러울까, 내 마음속 찌꺼기들이 더 더러울까?’

잠시 상념에 잠겨 있다 내 손을 보자, 손에 묻은 오물은 별것 아니라는 생각이 들었다. 앞에 놓인 비누를 집어 들었다. 비누칠을 하고 흐르는 물에 헹구자 걸레는 금세 깨끗해졌다. 손세정제로 뽀득뽀득 닦아낸 내 손에선 좋은 향기까지 났다.

손에 때가 묻었을 때는 씻으면 금방 깨끗해지지만, 마음에 때가 묻으면 오랫동안 씻어내고 정화시켜야 다시금 맑아질 수 있다. 그것도 상당한 노력과 시간이 필요하겠지.

'내 마음의 때는 얼마나 씻어내야 할까? 얼마나 오랜 시간이 필요한 걸까?'

청소라는 작은 행동이 나에게 또 하나의 질문을 남겼다.

13일차

여기는 불쌍하고 문제 있는 사람들이 오는 곳이 아니에요

'사중? 항하사? 벽지불? 나유타? … 뭐라는 거야? 대체 무슨 말이야?!'

스님의 가르침에 따라 오늘 아침에도 경전 읽기는 계속되었다.

처음 접하는 불교 용어들이 많이 낯설고 어려웠다. 정녕 우리말 해석본이 맞나 싶을 정도로 숱한 외계어들이 등장했다. 눈으로 입력된 글자들은 뇌에 머물기를 거부하고 들어온 그 즉시 달아나는 느낌이었다. 좀처럼 이해되지 않는 내용들…. 그럼에도 불구하고 나는 그저 경전을 큰 소리로 읽어나갔다. 지금 내가 절에서 할 수 있는 건, 또 해야만 하는 건 경전 읽기이므로.

만 배를 할 땐 절하는 것에 매달렸고 지금은 경전에 매달리고 있다. 아직은 생각이, 감정이 불구덩이를 헤어 나오질 못했다. 잠시 빠져나왔다가도 나도 모르게 다시 그 속을 헤매고 있었다. 이런 나를 진정시킬 무언가의 도움이 여전히 필요했다.

그렇게 쉼 없이 경전을 읽어나간 지 두어 시간이나 흘렀을까….

가슴 저편에서 갑작스레 뭔가가 솟구치기 시작하더니 눈물방울이 뚝 하고 떨어졌다. 그렁그렁 괴었던 눈물은 이내 두 뺨을 타고 하염없이 흘러내렸다. 당황스러웠다. 하지만 주체할 수 없이 흐르는 이 눈물을 가로막기에는 역부족이었다.

도대체 뭐가 그리 힘들어서 지금, 내가, 이렇게 이곳에서 이러고 있지? 마음에 무슨 고통이 그리 심하다고 내가 이렇게 아파하는 걸까?

불현듯 함께했던 사람들이 떠올랐다. 오랫동안 한 배를 타기로 했던 사람들인데 서로에게 알게 모르게 스며든 갈등, 스트레스로 인해 그 배에서 허무하게 하차할 수밖에 없게 된 사실이 한탄스러웠다. 그들이 이러고 있는 내 모습을 알까 봐 너무 괴로웠다. 그게 대체 뭐라고 현실을 도피해야만 했냐고, 많이 나약하다고 비웃음을 살까 봐…. 또 다른 좋은 직장에 보란 듯이 취직하거나 잘 지내고 있는 모습을 보이지 못하고 '절로 도망쳐버렸구나,

숨어버렸구나'라고 생각할까 봐…. 그리고 그들로 인해 내가 여기에서 이러고 있다는 생각이 들자 억울하고 서글픈 마음이 가슴을 마구마구 찔러댔다. 눈물샘이 고장이라도 난 듯 한참 동안 눈물을 쏟아냈다. 희뿌옇게 흐려진 시야에 글자들이 일렁이다 사라지기를 수차례 반복하고 나서야 이내 멈출 수 있었다.

그날 저녁, 스님께서 나를 조용히 부르셨다.

그리고 나지막하게 한 말씀 건네셨다.

"우리 절은 불쌍하고 문제 있는 사람들이 오는 곳이 아니에요. 나는 그런 사람을 받아준 적이 없습니다."

나의 마음을 눈치채신 걸까? 더 이상의 설명은 필요 없었다.

스님의 그 말 한마디는 많이 위축되고 상처받은 내 마음에 큰 위로로 다가왔다.

15일차

나, 이대로 괜찮은 걸까

어느새 절에 들어온 지 보름째다. 언제 그렇게 시간이 흘렀는지….

밖에서 괴로움에 허덕이며 겨우겨우 하루를 살아내던 때엔 무정하리만큼 느리게 가던 시간이 절에서는 속절없이 지나고 있다.

어느 보살님(나이 든 여성 신도들을 절에서는 보살이라고 부른다)께서 말씀하셨다.

"절에 있으면 시간이 금방 흐를걸? 절에서의 시간은 쏜살같이 지나가니까."

정말이다. 눈 깜짝할 사이라는 진부한 표현만큼 딱 들어맞는 표현도 없다. 어느 곳보다도 느리고 천천히 흐를 법한 이 공간에서 기도와 수행이라는 정적인 행위를 반복할 뿐인데 오히려 시간은 빠른 속도로 걸음질 치고 있다.

그러한 체감 속에서 묵직한 생각 하나가 슬그머니 나를 찾았다.

'내가 앞으로 어떻게 해야 하는지, 어떻게 살아야 하는지 잘 모르겠어. 나를 괴롭히던 생각을 내려놓고 마음의 평온을 찾는 것이 우선순위인 것은 맞아. 그런데 이렇게 시간을 보낸 후에… 나중에 사회로 돌아갔을 때, 그때 내가 잘 지낼 수 있을까? 나, 아직 자신이 없어….'

많이 약해졌나 보다. 정말, 그사이에 마음의 구멍이 많이 뚫렸었나 보다. 이렇게까지 사는 것에 대해 겁을 먹고 나약해진 나 자신을 전혀 눈치채지 못한 채 살아왔다. 매일매일 감사해하고 행복해하던 그 마음이, 더할 나위 없는 멋진 하루를 살아보겠다고 호기롭게 큰소리치던 그 의지가 어디로 사라진 건지 모르겠다. 도대체 어디로….

'나, 이대로 괜찮은 걸까? 정말 이렇게 지내다 보면 예전의 나를 다시 찾을 수 있을까?'

조금은 두렵고, 조금은 무서웠다. 불안감이 조용히 고개를 내밀었다.

불안감과 무서움이 덩치를 키워서 끝내 나를 집어삼키지 못하도록, 내가 다시 지금 여기에 머무를 수 있도록 다시금 경전에 눈을 둔다. 그리고 큰 소리로 또박또박 읽어 나가본다.

경전 읽기가 단순히 내 시간을 잡아먹는 행위는 아닐 거라고, 이 행위에서 배우는 무언가가 있을 거라고 믿으며….

16일차

텅 비어 있는데 꽉 찬 기분

절에서는 매주 화요일과 금요일에 수행 프로그램이 진행된다. 2시간 동안 법사(法師, 오랫동안 수행하고 공부한 것을 바탕으로 부처님 법을 지도하는 사람)님이 이끄는 대로 다양한 활동이 이루어진다. 활동 후에는 일상에서 부딪치는 문제나 수행을 하며 가진 궁금한 점에 대해 신도들이 질문하고 법사님이 답변하는 시간을 가진다.

그동안은 수행하는 모습을 멀찌감치 앉아 지켜만 봤다. 수행을 하면 어떤 기분일까, 하면 뭐가 좋을까 궁금하긴 했다. 하지만 내게 낯설고 어색하기만 한 이 활동에 선뜻 참여하기가 쉽지 않았다. 뒤에서 한 번씩 힐끔거리며 쳐다보기만 할 뿐이었다.

"오늘부터는 본인도 수행에 참여하세요."

그렇게 스님께서 운을 떼어주고 나서야 뭉그적거림을 멈추고 이 시간에 첫발을 담글 수 있었다.

오늘은 부처님의 말씀을 필사했다. 이것도 수행의 한 방법이다. 수행 시작 전, 종이와 붓펜이 주어졌다. 하얀 종이 위에는 내가 따라 쓸 수 있도록 반야심경 전문이 쓰여 있었다. 이윽고 법사님의 말씀이 이어졌다.

"손에 힘을 주지 않습니다. 가볍게 잡고서 천천히 움직입니다. 글자 하나하나에 정신을 모으고 붓끝의 흐름을 느껴보세요."

법사님이 안내하는 대로 따라갔다. 점을 찍고 획을 그으며 붓끝의 감각을 느끼고자 아주 천천히, 매우 조심스럽게 붓펜을 움직였다. 글자 하나를 완성하는 데 꽤 오랜 시간이 걸렸다. 지금까지 한 번도 해본 적 없는 행위였다. 붓펜을 쥐고 있는 감각, 붓끝이 부드럽게 점과 선을 잇는 감각, 점과 선이 만나 완전한 글자를 이루는 모든 과정에 온 마음이 머물렀다. 한 순간도 다른 것이 들어올 틈이 없도록 정신을 집중했다.

이 순간에는 붓펜을 잡고 글자를 쓰는 나만이 존재할 뿐이었다. 그 어떤 것도 개입할 수 없었다. 아니, 침범할 수 없다고 하는 것이 더 어울리는 표현일지도 모른다. 근심 걱정, 불안, 초조, 분노와 같은 어두운 마음들이 설 자리가 없었다. 하루에도 수십 번 올라오는 잡념과 망상이 끊어진 상태를 체험했다. 대신 가슴 깊은 곳에서 뭔지 모를 편안하고 따뜻한 기운이 샘솟아 마음을 가득 채웠다. 지금 이대로, 그저 좋을 뿐이라는 말밖에 떠오르지 않았다.

이 감정을 무어라 논리적으로 표현하기는 어렵다. 굳이 표현하면 텅 비어 있는데 꽉 찬 기분. 분명한 건, 마음이 어지럽거나 시끄러울 때 정신을 한곳에 집중함으로써 마음을 가라앉히기엔 필사가 더없이 좋은 방법이라는 것. 꼭 경전이 아니더라도 지혜로운 분들의 보석 같은 말씀을 단순히 눈으로 보고 귀로 흘리기보다 손에서 마음으로 천천히 옮겨 담아본다면 많은 도움이 될 것 같다.

17일차

행자님 마음 열기

이 절에는 '행자님'이라 불리는 꼬마가 있다.

뽀얀 피부에 작은 체구, 말수가 거의 없는 이 행자님은 속세의 나이로는 초등학생에 불과했다.

행자(行者)라 함은 절에 들어와 살면서 부처님의 가르침을 배우고 수행하는 이를 말한다. 그저 보호받아야 할 아이처럼 보이는데 장차 스님이 될 거라고 하니, 꼬마 행자님을 대하기 여간 어려운 것이 아니었다. 게다가 행자님은 어렸을 때부터 절에서 생활했기에 기본적인 예법과 자세 역시 남달랐다. 조숙하고 점잖은 행자님을 스님 대하듯 섬기는 다른 신도님들의 마음이 여실히 보였기에 나 또한 행자님을 향한 말이나 행동이 더욱 조심스러울 수밖에 없었다.

워낙 말이 없는 행자님은 절에 오래 다닌 신도들과도 합장 인사만 나누는 정도였다. 그렇다고 해서 나조차 그렇게 지낼 수는 없었다. 함께 절에 상주하고 밥을 같이 먹는 식구인지라 하루 빨리 행자님과 친해지고 싶었다. 허나 행자님께 무슨 말을 어떻게 건네야 할지 도통 알 수가 없었다.

며칠 동안 행자님을 가만히 지켜보았다. 행자님은 학교 가는 시간에는 학교에 가고, 예불 시간에는 스님 옆에서 기도를 하고, 다른 시간에는 시간표에 따라 수행과 학교 공부를 했다. 먼저 좌식 책상을 편 후 책상 위에 작은 시계를 올려둔다. 자세를 바르게 하고 시간을 확인한 뒤 그 시간에 맞는 수행 또는 공부를 한다. 자리를 뜨지 않고 열중하다가 종료 시간이 되면 그때서야 움직인다. 10분 정도 주어지는 쉬는 시간에는 잠깐의 휴식을 취하며 다음 할 것을 미리 준비한다. 그리고 10분이 지나면 바로 다음 할 일을 시작한다….

'어머, 저 나이에 어떻게 저렇게 할까.'

여기에 있으면 지금과 같은 일의 반복인데 어떻게 저렇게 절도를 지킬 수 있는 것인지… 절에서는 시공간을 지키는 것에 엄격한 편인데, 어린데도 불구하고 정해진 계획대로 하루의 일과를 여지없이 소화해내는 행자님이 마냥 신기할 뿐이었다. 매번 흐트

러짐 없이 행하는 모습에 감탄이 절로 나왔다.

그 와중에 내가 유심히 눈여겨본 건 행자님의 휴식 시간이었다. 다른 아이들 같으면 컴퓨터 게임을 하거나 휴대전화 속 영상을 보며 달콤한 시간을 보내리라. 그런데 컴퓨터도, 휴대전화도 없는 행자님은 어떻게 휴식 시간을 보낼까? 싱거운 답일지 몰라도 그저 책장에서 책을 꺼내 읽는 것이 전부였다. 그런데 그중에서도 특히 역사책과 지리책을 손에서 놓지 않는 것이 보였다.

'아하, 바로 저거구나!'

식사 시간에 행자님에게 슬쩍 다가가 말을 걸었다.

"행자님, 바빌로니아 사람들은 왜 바벨탑을 쌓았을까요? 그리고 이집트 사람들은 기계도 없이 어떻게 거대한 피라미드를 만들 수 있었을까요?"

갑작스런 내 질문에 행자님은 두 눈을 동그랗게 뜨더니 호기심 어린 눈빛으로 내 입을 바라봤다. 나는 행자님이 쉽게 이해할 수 있도록 내가 알고 있는 선에서 차근차근 설명했다. 늘 침묵을 지키던 행자님의 입가에 해맑은 웃음이 피어났다.

"재미있어요. 저는 트로이 목마 전설을 알고 있어요. 제가 이야기해드릴까요?"

신이 나서 이야기를 쏟아내던 모습은 행자님에게서 처음 보는 모습이었다. 무척이나 반갑고 기쁜 순간이었다.

사람의 마음을 여는 데 필요한 것. 상대방과 눈높이 맞추기, 그를 이해하기, 그의 관심에 공감해주기. 어린 행자님의 마음에 집중하자 사람이 보이고 그의 관심이 보이기 시작했다. 그것을 나누자 그의 마음속 자물쇠가 딸깍 하고 해제되었다.

#18일차

마음속 깊이 걸려 있는 것

절에 들어오기 전 내 건강 상태는 최악이었다. 두통과 현기증, 위경련, 비타민 D 결핍증, 바이러스성 피부 질환까지….

내가 앓던 질병은 대부분 스트레스와 면역력 저하로 인한 것이었다. 어찌 보면 놀라운 일도 아니다. 그 당시 내 상황을 보면 오히려 이런 병들에 걸린 것이 더 자연스럽다.

돌이켜보면 나는 버티다 버티다 못해 번아웃 상태에 이르렀다. 찾아보니 번아웃 증후군은 일에 몰두하던 사람이 극도의 스트레스로 인해 정신적·육체적으로 기력이 소진되어 무기력증이나 우울증에 빠지는 현상이라 소개되어 있었다. 원인으로는 주로 가중된 업무, 미비한 보상, 가치와 충돌하는 업무, 불공정한 상황, 업무 내 커뮤니티의 부재 등이 있다고 했는데 아뿔싸! 모두 내게 해당되는 말이었다.

눈에 띄지 않게 나를 잡아먹고 있는 병 때문에 충격을 받기도 했는데, 그게 비타민 D 결핍증이다. 해가 뜨기 전에 출근하고, 해가 지고도 한참 지나서야 퇴근하니 해를 구경할 시간이 없었다. 피검사 후 의사와의 상담 결과는 다소 충격이었다.

"장시간 실내에서 근무하다 보면 비타민 D가 부족할 수 있긴 해요. 그런데 환자분은 그 수치가 갓 돌 지난 아기보다도 낮아요. 영양제 꼭 챙겨 드시고 6개월 뒤 다시 한 번 검사해봅시다."

그것보다도 더 나를 애먹인 것은 바이러스성 피부 질환이었다. 들른 병원마다 의사들은 마치 짜기라도 한 듯 똑같은 말을 했다.

"요즘 스트레스 많이 받으세요? 이렇게 빨리, 이 정도로 넓게 확산된 걸 보면 스트레스가 상당한 것 같은데…."

얼굴과 목에 생긴 피부 질환 때문에 레이저 치료를 받으면서 한 달 치 급여를 쏟아부어야 했다. 200여 군데가 넘는 곳에 레이저를 쏘아댔으니 얼굴은 그야말로 처참한 상태. 차마 눈 뜨고 보기 흉할 정도라 한동안 마스크로 얼굴과 목을 꽁꽁 가려야만 했다. 피부도 피부지만 힘들게 일해서 번 돈이 그렇게 한순간에 날아가는 것 역시 속이 상했다.

가장 힘들었던 건 발에 생긴 피부 질환이었다. 손으로 온몸을 씻고 만지다 보니 얼굴과 목에 생긴 바이러스가 발까지 번진 것이다. 발은 체중에 눌리는 부위. 그렇다 보니 세균이 피부 속으로 파고들어 낫기가 쉽지 않았다. 완치하기까지는 앓았던 기간만큼이나 오랜 시간이 필요하다고 했다. 주로 냉동요법으로 치료를 받았는데, 드라이아이스나 액체질소로 병변을 급속히 냉동시켜 파괴하는 방법이다. 치료받을 때도 소스라칠 만큼 아프지만 치료 후가 더 곤욕이다. 통증으로 인해 진통제가 필요한 건 물론, 한 번 치료를 받으면 일주일은 제대로 발을 쓸 수 없다. 치료한 부위가 최대한 땅에 닿지 않도록 절뚝거리며 걸을 수밖에 없다. 나를 매우 불편하고 고달프게 만드는 몹쓸 질병이다.

절에 있는 동안 외부 출입은 삼가는 것이 원칙이긴 했으나 발 치료는 계속 받아야 했다. 스님께 허락을 구했더니 기꺼이 승낙하셨다. 이렇게 해서 한 달에 한 번 10분 거리에 있는 병원에 다녀올 수 있었다.

잠깐의 외출인데도 불구하고 바깥 공기를 마시고, 바깥세상에 발을 디디는 것이 그렇게나 달콤할 수 없었다.

치료를 받고서 절에 돌아와 스님께 인사를 드렸다.

"스님, 잘 다녀왔습니다."

"그래요. 뭐라고 하던가요?"

"이미 뿌리가 깊게 박혀 있을 뿐 아니라 주변에 꽤 많이 번져 있는 상태라 최소한 6개월은 치료를 받아야 한대요. 휴….”

“몸은 내 마음의 상태를 반영한다고 하죠. 병이 그렇게 깊숙이 뿌리내릴 만큼 본인 마음속 깊이 걸려 있는 게 뭘까요?”

“네…?”

“열심히 기도하면서 잘 찾아봐야겠네요.”

몸과 마음은 하나라는 걸, 마음이 아프면 몸이 아프다는 것을 모르지는 않았다. 하지만 지금 내 경우에 비춰볼 생각을 하지 못했기에 스님의 질문에 말문이 막혀버렸다.

‘나를 이토록 병들게 하고 아프게 한 그 근원은 무엇일까?’

절에 있으면서 풀어야 할 또 하나의 중요한 질문이 내게로 왔다.

20일차

오·행·시 -
오늘의 가장
행복한 시간

절에 있으면서 하루 중 가장 행복한 시간을 꼽으라면, 매일 어김없이 나를 찾아오는 두 번의 '예정된 행복'을 말하고 싶다. 오전에 한 번, 오후에 한 번.

한 시간의 새벽 예불과 아침 식사 준비부터 설거지까지, 이 모든 것을 다 마치고 법당에 내려와도 시계는 아직 오전 7시를 가리키고 있지 않다. 밖에 있었더라면 출근한다고 정신없이 바쁠 이 시간이 이곳에서는 하루 중 가장 여유로운 시간이다. 이렇게 시작하는 하루는 지옥철에 억지로 몸을 욱여넣고서 찌푸린 얼굴들을 맞이하는 하루와는 차원이 다르다. 바깥세상과 다르게 흘러가는 시간 속에 살아가는 느낌이랄까. 똑같은 하늘 아래 다른 세

계에 존재하고 있는 듯하다.

법당에는 손가락으로 꼽을 정도의 신도들이 각자 수행을 하느라 여념이 없다. 그리하여 오전 7~8시는 그날의 수행과 기도를 하기 전 내가 숨을 고르는 시간이다. 오늘 하루 건네받는 선물과도 같은 이 시간이 되면 자연히 얼굴에 미소가 가득 피어난다. 김이 모락모락 피어나는 따뜻한 차의 향기를 음미하며 잔잔한 음악과 함께 좋아하는 책을 보노라면 정말 더 이상 바랄 게 없다. 가슴 벅찬 행복을 누린다.

또 한 번의 선물은 오후 2~3시경에 찾아온다. 창문으로 비껴들어온 햇살이 법당 안에 가득 드리울 때 내 마음에도 밝은 빛이 스민다. 그 눈부심에 눈이 시리기도 하지만 이렇게 말없이 햇살과 마주하는 시간이 도대체 얼마 만인가 싶다. 자연이 주는 따스함이 좋고, 그 포근함에 시간 가는 줄 모른다.

내가 매일 느끼는 큰 행복은 책 한 권, 차 한 잔, 그리고 햇살만으로도 충분했다. 그런데 언제 올지도 모르는 미래의 행복 때문에 늘 내 곁에 있던 행복들을, 내게 기쁨을 주는 일상의 소중한 것들을 놓치고 살았다. 눈앞에 행복을 두고도 눈 감고 있었다. 따뜻한 햇살을 감상한다는 것 자체를 잊고 살 정도로, 책과 음악이 가져다주는 여유를 누리지 못할 정도로 스스로를 채찍질해 달리게 했다. 꿈이라는 이름하에 헛된 것을 좇느라 많은 것을 놓치고 살았던 건 아니었을까.

'지금 여기'의 기쁨과 행복을 여실히 느끼며 몇 가지 다짐해본다. 이제는 더 이상 나를 짓누르고 혹사시키지 않겠노라고. 지금 내가 할 수 있는 것에, 좋아하는 일에 마음을 두고서 내 감정을 잘 살피며 살아가겠노라고. 내게 오는 사람과 상황들을 자연스럽고 유연하게 맞이하겠노라고. 그렇게 해서 '지금, 여기'를 가장 행복한 시간으로 만들겠노라고.

PART 2.

어둠 후의 빛, 더없이 찬란한

21일차

내 생각과 말과 행동으로 지은 결과를 받는 것

절에 들어온 지 21일째다.

처음 절에 들어왔을 때는 보름 정도 묵을 것을 예상했다. 지금에 와서 보니 그것은 나의 풋내기 같은 생각에 지나지 않았다. 그 기간 안에 오랫동안 해묵은 문제를 해결할 수 있다고 생각했다니… 풉, 웃음이 난다.

물론 만 배를 하고 경전을 독송하면서 매섭게 활활 타오르던 불더미 같은 마음은 가라앉았다. 하지만 생각해보건대, 불더미는 조금 잠잠해졌을 뿐 살짝이라도 뒤적인다면 다시 거세게 살아날 불씨는 여전히 살아 있는 게 아닐까 싶다. 그래도 매일 지혜의 말씀을 듣고 따른 덕분에 평온함의 불씨도 함께 키우는 것을 다행이라 여긴다.

만 배를 마친 후, 스님이 내게 일지를 써보라는 과제를 주셨다. 매일 느끼는 감정이나 생각들을 그대로 써보라는 것. 그렇게 쓴 일지는 스님이 가끔 확인하시고 여러 말씀을 해주신다.

오늘은 스님이 나의 생각과 감정들에 대해 '업(業)'과 관련해 말씀해주셨다.

"모든 것은 나에게서 시작해 나에게로 돌아옵니다. 본인의 생각과 말과 행동이 빚은 결과가 본인에게 어떻게 돌아왔는지 생각해보세요."

'내 생각과 말과 행동'으로 지은 결과를 내가 받는 것임에 전적으로 수긍할 수밖에 없었다. 남의 것을 내가 대신 받는 것도 아니고, 내 것을 남이 덜어줄 수 없기에.

내가 이곳에 온 이유가 여기에 있지 않을까? 내 생각과 행동과 감정을 돌아보라고…. 아니면 나의 행동을 되돌아보고 반성하면서 악업을 닦고 선업을 쌓으라고. 이유야 무엇이든 이 시간은 내게 정말 중요하고 의미 있다.

바쁘다는 핑계로 내 생각과 감정을 외면했고 피곤하다는 이유로 회피하려고만 했다. 그런데 절에서는 시시때때로 변화하고 끊임없이 올라오는 나의 생각과 감정을 그대로 관찰한다. 시비하지 않고 받아들인다. 그렇게 함으로써 나라고 믿었던 나의 생각과 감정을 나와 분리하여 바라볼 수 있다. 널뛰는 내 생각과 감정에 휘둘리지 않는 힘을 기를 수 있다. 이는 앞으로의 인생길에 힘차게 발을 내디딜 수 있도록 돕는 유의미한 시작점이 되지 않을까?

지금, 나는 또 하나의 희망의 불씨를 피운다.

22일차

눈빛으로 하는 말

'아이참, 또 틀렸네.'

경전을 소리 내어 읽는데 진도가 잘 나가지 않았다. 눈은 경전을 바라보고 있는데 정신은 자꾸 어딘가로 달아나버렸다. 어디까지 읽었는지 놓치기도 하고, 읽었던 부분을 반복해서 다시 읽기도 하고…. 긴장이 풀린 건지, 집중력이 흐려진 건지 계속 헛발질을 해대는 기분이었다.

'어라, 이건 뭐지? 대체 어디서 나온 거야?!'

720쪽이 넘는 《법화경》 4회독째다. 이 정도 읽었으면 분명 내용을 다 알아볼 만도 한데, 완전히 처음 보는 듯한 내용들이 마치 숨겨진 보물이 발견되듯 군데군데 모습을 드러냈다. 누군가 마법을 부려 책에 새로운 내용을 추가한 것도 아닐 텐데…. 나름 꼼꼼하게 본다고 본 것은 정말 '나름'에 지나지 않았다.

처음 경전을 읽기 시작했을 때, 무슨 내용인지도 모르고 빠르게 읽어나갔다. 그렇게 시작하는 것이라 했다. 부처님의 말씀을 처음 접하는 것이니 어려운 게 당연했다. 그래서 그저 소리 내어 읽는 것에 신경 쓰다 보니 내용을 주의 깊게 보지 못했다. 익숙하지 않은 용어와 난해한 글을 따라가다 어느 순간 정신을 놓았는지도 모르겠다. 그렇게 읽어 내려간 글이니 마치 새 책, 새 글을 만난 듯 새롭게 보였는지도….

'하긴, 소설을 읽다가도 등장인물이 누구고 사건이 어떻게 흘러가는지 놓칠 때도 있는걸.'

스스로에게 위로 아닌 위로를 보내며 민망함에 슬며시 웃었다. 알게 모르게 눈으로는 보는 척, 입으로는 외는 척, 귀로는 듣는 척하며 지나간 순간도 많았을 터. 차가운 물 한 잔 마시고 제대로 읽어야겠다고 생각하며 일어서던 참이었다. 어찌나 타이밍이 절묘한지 법당으로 들어오는 스님과 정면으로 마주치게 되었다. 합장을 하고 스님의 눈빛을 보는 순간, 그 눈빛이 내게 말을 걸었다.

'경전을 읽거나 기도를 할 때 마음을 내어서 하는 것이 중요합니다.'

도둑이 제 발 저린 듯 혼자 괜히 뜨끔해서 얼굴이 달아올랐다. 나도 모르게 속에서 재빠른 대답이 튀어나왔다.

'네 알겠습니다, 스님. 명심할게요!'

스님이 지나간 후에도 깊숙이 떨군 고개를 올리기까지 얼마간의 시간이 필요했다.

23일차

미움도 그리움이던가

"눈을 감고 천천히 호흡하세요. 들어오는 숨과 나가는 숨을 느껴보세요."

오늘의 수행 프로그램은 명상이었다. 법사님의 말씀에 따라 눈을 감고 천천히 호흡만을 따라가려 노력했다. 처음부터 잘될 리는 없었다. 호흡을 지켜보기보다 주변의 기침소리나 작은 소음에 생각을 빼앗기기 일쑤였다. 아차 싶어 다시 호흡으로 돌아가고, 또다시 다른 곳에 의식이 빼앗겼다 돌아오기를 여러 번… 몇 번의 반복 끝에 고요함과 편안함 속에 머무를 수 있었다. 차분하고 평온한 상태를 느끼던 중 법사님의 다음 주문이 이어졌다.

"가장 행복하고 즐거운 모습의 나를 떠올려보세요. 그때로 돌아가 밝게 웃어봅니다."

가슴에 따뜻한 온기를 가득 담은 채 어느새 나는 강릉 바닷가를 거닐고 있었다. 구름 조각 하나 없는 새파란 하늘에서 내려온 따사로운 햇살이 나를 비췄다. 기분 좋은 가을바람이 가볍게 뺨을 스치고 산뜻한 바다 내음이 코끝에 닿았다. 넘실대는 파도가 하얗게 부서지며 눈이 부실 만큼 아름답게 반짝거렸다.

그곳엔 같은 꿈을 꿨던 동료들이 함께 있었다. 아침부터 밤까지 열심히 일하고 동료들과 떠난 즉흥여행이었다. 시원한 바닷바람을 맞으며 모래사장에 발을 담그고 천진난만한 애들처럼 뛰어놀았다. 그 순간만큼은 일도, 삶의 무게도 홀가분히 내려놓고서 즐겼다. 세상에서 제일 못난 표정으로 사진을 찍으며 망가져도 보고, 아무것도 아닌 것에 깔깔깔 숨이 넘어갈 정도로 웃었다. 나이도, 역할도, 지위도 잊은 채 모두가 행복한 표정이었다.

'어머나!'

그날의 기억 속에 흠뻑 젖어 환하게 웃고 있던 나를 알아차리고서 순간 얼어버렸다. 당혹감에 휩싸였다. 내가 얼마 전까지 가장 많이 미워했던 사람들이 가장 행복하고 즐거웠던 순간에 나타나다니….

앞으로의 비전을 공유하며 장밋빛 미래를 바라보던 사이였다. 그랬던 관계가 1년 후 모래성처럼 순식간에 무너져 내렸다. 너무 빨리 뜨거워졌고, 어처구니없을 정도로 너무 빨리 식어버렸다.

우리는 서로를 충분히 이해하기 전에 성에 차지 않는 부분, 보기 싫은 면만을 바라보며 서로 상처를 주고받았다. 결국 다시는 건널 수 없을 만큼 아득히 멀어져갔다.

가슴이 저릿하고 아려왔다. 행복하고 찬란했던 그 순간, 그들만이 떠올랐다. 내게 많은 고통과 괴로움을 주었다고 야속하게만 생각했던 그들인데 동시에 내게 큰 기쁨과 행복을 준 고마운 사람들이었다. 너무 오랫동안 어두운 마음 안에 갇혀 그들을 바르게 보지 못했는지도 모른다. 미안한 마음에 눈물이 흘러내렸다.

미움도 그리움이던가!

강렬한 미움이 짙은 그리움이 되어 자취를 남긴다.

24일차

많은 이들의 도움으로 내가 살아가고

"보시주은진언(布施主恩眞言) 옴 아리야 승하 사바하."

하루 세 끼 식사하기 전 두 손을 모아 외는 말이다. 누군가에게 도움을 받거나 은혜를 입었을 때 감사하는 마음을 전하는 주문이라 한다.

절에서는 식사를 단순히 밥을 먹는 행위가 아니라 자연과 뭇 사람들의 노고를 생각하는 거룩한 의식으로 여겨서 '공양'이라 부른다. 하지만 딱히 종교가 없던 나는 식사를 하기 전 감사의 기도나 의식을 한 적이 거의 없었다. 물론 식사 전후로 "잘 먹겠습니다." 혹은 "잘 먹었습니다." 정도의 인사를 하기는 했지만 경건한 마음으로 정중하게 감사를 한 경험은 거의 없었다.

절에 들어와 첫 식사를 할 때, 이 기도문을 받아들었을 때의 감정은 한 마디로 어색함이었다. 생소하기만 한 말을 따라 하려니 뭔가 쑥스러웠다. 입에서 잘 나오지 않았고, 기억하는 것도 쉽지 않았다. 그리 길지 않은 말임에도 식사할 때마다 자꾸만 잊어버려서 작은 소리로 조용히 얼버무리고 끝내버렸다. 이래서는 안 되겠다 싶어 식사를 하러 가기 직전 메모해둔 것을 남몰래 공부(?)하곤 했다. 얼른 머릿속에 집어넣어 자신 있게 외치고 나서야 당당히 식사를 할 수 있었다.

하루 세 번, 매일같이 이와 같은 의식을 올리게 되니 이제는 그 말이 자연스럽게 입에서 흘러나왔다. 짧은 시간이지만 감사의 마음을 표현하다 보니 이 음식이 내게 오기까지의 인연들에 대해 생각하지 않을 수 없었다.

우선 매 끼니 건강하고 맛있는 음식을 먹을 수 있도록 요리해주시는 분들께 감사했다. 절에서는 고기 외에도 오신채(五辛菜)라고 해서 먹지 않는 채소가 있는데 마늘, 파, 부추, 달래, 흥거(한국에서는 양파)가 그것이다. 성질이 맵고 향이 강해서 마음을 흩뜨릴 수 있기 때문에 요리에 사용하지 않는다. 사실 오신채뿐만 아니라 화학조미료가 들어간 음식과 육식에 익숙했던 내가 사찰음식에 적응할 수 있을까 내심 염려했다. 그러나 그것은 기우에 불과했다. 고기와 오신채가 빠진 음식을 먹는데도 불구하고 전혀 바깥 음식이 생각나지 않았다.

또한 이 음식이 내게 오기까지 고생하신 분들의 노고에 감사하지 않을 수 없다. 곡식이며 채소며 과일을 직접 재배하고 농사를 짓는 분들이 얼마나 땀방울을 흘렸을까? 그분들의 노고가 없었다면 내가 어떻게 이 귀한 음식들을 먹을 수 있었을까. 추울 때나 더울 때나 자식같이 공들여 키운 농작물을 수확한 많은 분들께도 감사한 마음이 올라왔다.

또 한 가지 놓칠 수 없는 게 있다. 우리가 먹는 농작물이 자라는 데 자연의 도움 없이는 이루어질 수 없다. 햇빛, 공기, 물, 흙이 반드시 필요하고 이것들의 적절한 조화가 이루어졌을 때 비로소 건강한 먹을거리가 우리 앞에 온다.

여기까지만 생각해봐도 내가 먹고 있는 이 밥 한 끼에 자연과 생명과 수천수만 명의 땀과 노력이 깃들어 있다. 눈에 보이지 않는 모든 것들의 사랑과 정성으로 내가 살아갈 수 있는 것이다. 그럼에도 불구하고 나는 왜 그동안 이러한 감사함을 느끼지 못했을까? 또한 나는 얼마나 많은 이들에게 도움을 주고 살고 있을까?

약간의 부끄러움을 느끼며, 너무나 당연하게 생각해서 무심코 넘겼던 것들에 대해 뒤늦은 감사를 전해본다.

25일차

용쓰는 껍데기

"악!"

앉았다 일어날 때, 일어서 있다 앉을 때 날카로운 외마디 비명이 튀어나온다. 종아리는 터질 만큼 팽팽하게 붓고 오금은 근육이 끊어질 듯 당기고 무릎은 가만히 있어도 욱신거리는, 한 마디로 총체적 난국이었다.

사실 통증은 3천 배를 끝낼 즈음부터 시작되었다. 그러나 그때는 꽤 많은 절을 급하게 힘주어 하면 아플 수도 있다며 대수롭지 않게 여겼다. 허나 이제는 그때만큼 무리해서 절을 하는 것도 아닌데 왜 이리 아픈 걸까. 단지 하루 세 번의 예불 시간에 108배를 하는 것뿐임에도 통증은 이루 말할 수 없었다.

'아이고 아파. 왜 이렇게 쑤시고 결리지?'

글을 읽는다고 책을 펴놓고 있지만 글을 읽는 게 아니었다. 온통 몸에 마음을 빼앗겼다. 앉아 있으면 다리뿐만 아니라 허리까지 아프다. 열심히 본다고 보지만 여기도 아프고 저기도 아프다고 소리치는 온갖 잡념에 휘둘릴 뿐이었다. 다리를 이리 바꾸고 저리 바꾸고 허리를 구부렸다가 폈다가… 몸을 도무지 가만두질 못했다. 몇 시간이나 책을 붙들고 앉아 있었지만 정작 제대로 읽은 건 과연 몇 페이지나 될까.

그렇게 산란한 나를 가만히 지켜보고 있는데 몇 개월 전 상사가 내게 한 말이 불쑥 찾아들었다.

"내가 보기엔 열정이 식은 것 같습니다! 처음 시작할 때와 너무 달라요. 그때의 모습은 어디 갔는지 모르겠네요."

조금은 격앙된 목소리로 내뱉은 그의 말은 내게 가시처럼 꽂혔다. 도저히 인정할 수 없었다. 생각할수록 분하고 화가 치밀었다. 내 노력과 상황을 헤아려주지 않는 그가 많이 원망스러웠다.

'뭐? 나 정말 많이 아프고 힘든데… 그럼에도 있는 힘껏 쥐어짜서 이렇게나 열심히 하는데 어떻게 그걸 몰라줄 수 있지? 어느 누가 이만큼이나 할 수 있다고!'

그때의 상념에 잠시 빠져 있다 현재로 다시 돌아왔다. 지금의 나를 바라보고 있자니 이런 생각이 올라왔다.

'열심히 한다고 하지만 정말 잘하는 걸까? 사실은… 그게 아닐지 몰라. 힘겹게 용쓰는 껍데기에 불과한지도….'

정신적 고통이 어느 정도 가라앉자 열중하는 태도가 사라졌다. 그러자 몸의 통증에 계속 신경이 쓸렸다. 지금의 나는, 경전을 열심히 본다고 하면서도 실은 모양만 흉내 내고 있는 건 아닐까 싶다.

그때도 그랬다. 나는 있는 힘을 끌어내어 열심히 한다고 했다. 하지만 당시 나는 심적으로도 육체적으로도 지칠 대로 지친 상태였다. 그랬던 나는, 정말 일을 제대로 했다기보다 용만 쓴 건 아니었는지….

몸과 마음의 균형이 깨지면 모든 것이 망가져버린다. 일도, 관계도, 삶도…. 정녕 있어야 할 진심은 사라지고 육체만 남아 움직이게 된다.

그때는 몰랐던, 차마 인정할 수 없었던 뼈아픈 자각이 일어난다. 지금의 내가 그때의 나에게 진솔하게 되묻는 순간이다.

26일차

빨래하기 좋은 날

"와~ 날씨 좋다. 가을 나들이 가기 딱이다!"

절에서 지낸 지도 어느덧 한 달이 되어간다. 절 안에만 있다고 해서 많이 답답한 느낌은 없다. 이 단어는 오히려 복잡한 도심 거리나 혼잡한 지하철에 더 어울리는 말이 아닐까 싶다. 고요함과 여유로움을 즐길 수 있어 여기서 보내는 이 시간이 대체로 만족스럽다.

그렇지만 오늘같이 날씨가 좋은 날엔 그것을 즐기는 무리 사이에 슬쩍 끼고 싶은 유혹이 일곤 한다. 사람들 틈에 있고 싶어서라기보다 울긋불긋 화려하게 수놓은 단풍나무가, 노란색으로 곱게 물든 은행나무가 나에게 오라고 손짓하는 것 같아서….

그럴 때면 어디든 밖으로 나가 걷고 싶은 마음이 올라온다. 하지만 이내 수그러든다. 절에 머무르는 사이 햇살과 바람과 하늘을 느긋하게 느끼고 바라보는 법을 배웠고, 지금 여기에서 즐겁고 기쁜 마음을 충분히 맛볼 수 있기 때문이다. 맘껏 돌아다닐 수 있는 자유가 있을 때도 느끼지 못했던 것에 대해 반가워하고 즐길 줄 알게 된 것 자체가 행복이고 감사함이니까. 옥상에 올라가 햇살과 바람을 살갗으로 느끼는 것으로, 하늘과 나무를 먼발치서 지켜보는 것으로 올해의 단풍놀이를 대신하기로 했다.

쾌청한 날씨가 며칠간 계속되었고, 오늘 오후도 따사로운 햇살이 기분 좋게 비추고 있었다.

“와~ 날씨 좋다. 빨래하기 좋은 날이야! 이야~ 빨래 잘 마르겠는데?”

날씨를 보고 내가 내뱉은 첫 마디를 듣고서 웃음이 터져 나왔다. 풉! 예전 같으면 이렇게 좋은 날엔 ‘여행 가고 싶다. 어디 한번 떠나볼까?’ 하는 생각이 가장 먼저 들었을 테다. 그런데 생각지도 못하게 빨래 이야기가 입에서 가장 먼저 나올 줄이야.

어느새 템플 라이프에 적응하고 있나 보다.

27일차

화가 아닌 복이 많아서

“무슨 복이 그렇게 많아서 아침부터 밤까지 절에 있을 수 있을까요? 정말 부러워요!”

“마음 같아선 나도 절에서 살고 싶은데… 민정씨가 지은 복이 많은가 봐요.”

“부처님께 큰 자비를 받고 있네요. 대단하십니다.”

“….”

절에 오가는 분들의 말이다. 한두 분이 아니었다. 어떤 말을 해야 할지 몰랐다. 그러한 말을 들을 때마다 당혹스러웠다. 그 상황에서 내가 할 수 있는 건 그저 미소인 듯 미소 아닌 미소 같은 어정쩡한 표정….

사실 속마음은 달랐다.

'엥? 대체 무슨 말씀을 하시는 건지… 몰라서 하시는 말씀인데요. 저는 복(福)이 아니라 화(禍)가 많아서 들어오게 된 거예요.'

애초에 고상한 휴식이나 품격 있는 힐링을 위해 절에 들어온 것이 아니었다. 미쳐버릴 것 같은 고통에서 벗어나기 위한 마지막 피난처로 들어온 것이니까. 이런 속사정을 모르시니 그러한 말씀을 하는 것이라 여겼다, 얼마 전까지는 말이다.

그런데 하루 이틀이 가고 한 달을 지내다 보니 그 말에 점차 수긍이 가기 시작했다. 절에 들어오기 전까지만 해도 쉴 새 없이 바쁜 일상에 지쳐 있었고, 사람 때문에 멘탈이 나가기 일보 직전이었다. 이를 나에게 온 불행이라 여겼다. 큰 재앙, 즉 화로 인해 돈도, 직장도, 관계도 다 잃게 된 것이라 여겼다. 그런데 잃은 것이 아니라 얻은 것일지도 모르겠다는 생각을 차츰차츰 하게 되었다. 정말 내가 복이 많아서인가?! 처절했던 현실의 갑옷을 과감히 벗어던질 수 있었던 것이, 지금 이렇게 제대로 숨쉴 수 있고, 진짜 미소를 지을 수 있다는 것이….

당장 돈을 벌지 않으면 안 되는 상황에 있었다면 여기 있지 못했을 것이다. 아니 그전에 이렇게 지내는 것 자체를 감히 상상조차 할 수 없었을 것이다. 누군가는 아직도 괴로움 속에 허덕이고 고통에서 헤어나지 못하는 순간들을 보내고 있을 텐데 나는 여기서 내 건강을 돌보고 내 마음을 들여다보고 있다. 그동안 이 사실을 망각하고 있었다. 여기까지 생각이 이르자 나는 감사밖에 할 것이 없었다.

그래. 내게 온 건 화가 아닌 복인 것이다.

28일차

언제나 맑음

절에 오랫동안, 그리고 자주 오시는 분들에게는 공통점이 있다. 늘 표정이 밝다. 환하게 잘 웃고, 밝은 에너지를 내뿜어 만날 때마다 주변 사람들을 기분 좋게 만든다. 그분들에겐 좋은 일들만 가득해 보이고 걱정이란 전혀 없을 것만 같았다.

보이는 대로 그렇게 생각했다. 그런데 절에 있다 보니 개개인의 사정을 눈치껏 짐작할 수 있기도 하고 알게 모르게 접하는 경우도 있다. 겉으로는 매우 행복하고 즐겁게만 보여도 가족 중에 크게 아픈 사람이 있기도 하고, 하는 일에 있어 꽤 어려움을 겪고 있는 분들도 있었다.

세상에! 그럼에도 어떻게 저렇게 환한 미소를 지을 수 있을까? 전혀 티가 나지 않았다. 자신의 아픔을 숨기기 위해 과장한 것이 아니라 자연스러운 웃음이었다. 그래서 어느 날 한 분께 조심스레 여쭈었다.

"표정을 보면 늘 밝고 환하게 웃으셔서 저도 밝은 기운을 얻게 돼요. 근심이 전혀 없어 보이세요."

"사실 마음이 많이 아프죠. 그렇지만 어쩌겠어요. 그래도 웃어야지요."

짧은 대답과 함께 다시 환한 웃음을 보였다.

'그래도 웃어야지요'라는 말 한마디가 가슴 깊이 스며들었다.

나는 감정이 표정에 그대로 드러나는 치명적인 약점을 가진 사람이었다. 걱정이 있거나 화가 날 때 감추질 못했다. 부정적 감정을 있는 그대로 인정하는 것이 중요하지만 그걸 굳이 드러낼 필요도 없었다. 상대방을 불편하게 만드니까. 특히나 오랫동안 그 감정에 빠져 있을 필요는 더더욱 없었다. 그건 누구보다도 나 자신을 힘들고 지치게 만드니까.

살아가면서 어떻게 좋을 일만 있을 수 있을까. 누구나 아픔이나 오래된 상처 하나 정도는 짊어지고 산다. 집안에 문제가 있거나 개인적인 힘든 일이 있을 때 왜 아프지 않을까.

그럼에도 불구하고 그들과 나는 차이가 있었다. 그들은 웃을 수 있었고, 나는 웃지 못했다. 그들은 오랫동안 밝았고, 나는 오랫동안 어두웠다.

힘든 일이 있어도 기꺼이 받아들이는 것, 그리고 그것에 매몰되어 자신을 더 아프고 힘들게 하지 않는 것, 어떤 상황에서도 밝게 웃을 수 있는 마음의 여유를 가진 모습은 저절로 존경심을 느끼게 했다.

이것이 바로 수행이 필요한 이유일 것이다. 나도 매일 꾸준히, 진심을 담아 수행하다 보면 그런 날이 오지 않을까 생각해본다.

29일차

오르락내리락, 신비하고 신기한 롤러코스터

새벽부터 주룩주룩 비가 내렸다. 온종일 내리는 비 소식에 몸은 무겁고 마음도 축축 처지는 그런 날. 물에 젖은 낙엽처럼 바닥과 한 몸이 되어 마냥 쉬고 싶은 마음이 올라오던 그때, 우연히 바라본 휴대전화에서 메시지 알림창이 번뜩이고 있었다.

"민정, 보고 싶어요. 한국 갑니다. 볼 수 있습니까?"

'우와! 유미가 서울에 오는 거야?'

오랜만에 한국을 방문하는 일본인 친구의 연락이었다.

반갑고 기쁜 마음에 탄성이 나오는 것도 잠시, 벌어진 입술은 힘없이 내려앉다가 완전히 굳게 닫혔다.

'나갈 수가 없잖아….'

3년 전 일을 하며 알게 된 유미와는 그리 오래된 사이가 아니었으나 서로 잘 통했다. 언어가 아닌 마음이. 서로의 얼굴만 봐도 환한 미소가 지어진다. 기분이 좋아지고 오랜 친구를 만난 듯한 편안함을 느낀다. 눈빛으로 포근함이 전해지는 듯했다. 그녀와 함께하는 시간만으로도 힐링이 되는 기분이었다. 그녀와의 만남은 내게 따뜻하고 아름다운 시간을 선물해줬다. 나라도, 문화도, 나이도 다른 우리. 왜인지는 모르겠으나 알 수 없는 이유로 우린 서로에게 강한 끌림이 있었다. 덕분에 일본어를 전혀 할 줄 모르는 나와 한국어를 조금 할 줄 아는 유미는 열 살 이상의 나이 차이에도 불구하고 급격히 친해질 수 있었다. 비즈니스 관계가 아닌 진짜 친구가 된 것. 그 이후로 유미가 한국에 오거나 내가 일본에 갈 때면 아주 잠깐이라도 시간을 쪼개서 꼭 만나곤 했다.

그런데… 같은 서울 하늘 아래 있으면서 만날 수 없다니. 꼭 필요한 일이 아니면 외부 출입이 금지된 이상 어쩔 도리가 없었다.

"유미, 제가 지금 절에 있어요. 이번에는 만나기 어려워요. 미안해요!"

메시지 전송 버튼을 누르는 순간, 눈물이 핑 돌았다. 급한 일정이 있거나 특별한 약속이 있는 것도 아닌데 보고 싶은 친구를 볼 수가 없다. 기운이 빠지고 우울감이 밀려왔다.

다시금 나를 이곳에 오게 한 그들이 떠올랐다. 미운 마음과 화가 올라왔다. 그리고 발이 묶인 채 이러고 있는 나 자신에게도 짜증이 났다.

"그렇습니까? 괜찮습니다. 저는 인천공항에 왔습니다. 다음에 만나요."

인천공항에 도착했다는 소식을 듣자 마음이 더 요동치기 시작했다. 내가 마중을 갔어야 하는 건데 하는 아쉬움과 안타까움이 밀려왔다.

'어쩔 수 없잖아. 절에 들어온 것도 내 선택이고, 100일간 여기에 있기로 한 것도 내 선택이니까.'

괴롭고 속상한 마음을 떨쳐내고자 경전을 펼쳐들었다.

눈에 잘 들어오지 않는 글씨들을 억지로 욱여넣듯 눈에 담고 입 밖으로 소리 내어 읽어 내려간 지 몇 시간이 지났을까. 맥이 빠진 채로 무미건조하게 읽기 시작했는데 어느새 경전에 집중하며 리드미컬하게 읽고 있는 내 모습을 발견했다. 점차 기운이 되살아났다. 오전에만 해도 힘없이 늘어져 있던 몸에 생기가 돌고 입가엔 미소가 깃들었다.

저녁 예불 시간이 되어 절을 하는데도 이게 웬걸? 힘들다거나 싫증내는 마음이 일어나지 않았다. 오히려 개운함을 느끼며 가볍게 108배를 마칠 수 있었다.

‘웃기다 너, 분통 터뜨리고 심술부리던 마음은 어디 가고 지금은 뭐가 그리 좋니?’

오전까지만 해도 찌뿌둥한 몸과 울적한 마음 때문에 엉망인 기분으로 오늘 하루를 마무리하게 될 줄 알았다. 그런데 나쁜 생각과 감정을 버리고자 무언가에 집중하고 몰입하다 보니 어느새 몸과 마음이 자연스럽게 풀렸다. 그 나쁜 감정은 다 어디 가고 지금은 상쾌하고 맑은 기분이라니…. 약간의 재미마저 느꼈고 심지어 기쁜 마음이 올라왔다. 그토록 무거웠던 몸도 침울했던 마음도, 마치 봄볕이 찾아온 듯 가뿐했다. 이런 걸 보면 몸과 마음은 참 신비롭고 신기하기 그지없다.

하루에도 몇 번씩 오르락내리락 롤러코스터를 타는 이 마음, 아직도 내가 많이 배우고 알아가야 할 대상이다.

30일차

돈 주고도 못 배우는 것들

절에 들어와 살면서 알게 모르게 배우는 것들이 많다. 혼자 자취를 하다 절에서 공동체 생활을 경험하니 색다른 기분이다. 생활 수칙에 따라 서로를 배려하고 협력해야 하는 것들이 많다. 식사 준비에서부터 어린 행자님을 돌보는 일, 행사를 준비하는 일을 함께 한다. 이를 통해 상대에 대한 이해와 배려, 자비심을 익히면서 우리만의 색깔로 빚어낸 공동체를 만들어간다.

그중에서도 절에 살면서 얻는 가장 큰 배움, 혹은 수혜를 꼽자면 스님과의 일대일 대담 시간이 아닐까. 이 시간 속에서 나는 완전히 발가벗은 상태로 스님을 대면하곤 한다. 스님 앞에서는 나도 모르게 겹겹이 둘러싼 내 껍데기들이 양파껍질처럼 벗겨진다. 가리거나 숨길 수 없다. 내가 미처 보지 못했던, 알지 못했던, 내 안에 깊이 감춰져 있던 것들이 하나둘씩 속살을 드러낸다. 내가 보고 싶지 않은 나의 잘못이나 못난 허물, 오래된 아집과 편견, 그리고 잃어버린 줄만 알았던 투명하고 맑은 선한 마음까지…. 그래서 그런지 스님 앞에서는 다른 사람에게 쉬이 하기 어려운 말들이 쏟아져 나온다. 그럴 때 스님은 그저 묵묵히 모든 것을 받아주신다. 내가 뱉어내는 말과 표정, 몸짓, 하염없이 흘러내리는 눈물까지도.

스님께 지금 내 몸과 마음의 상태에 대해 말씀드렸다. 상실감과 슬픔 때문에 너무나도 힘들어하는 나를 지긋이 바라보며 스님께서 천천히 입을 여셨다.

"지금 본인에게 일어난 일을 가지고서 너무 슬퍼할 필요 없어요. 나쁜 일이 일어났다고 생각하지만 사실은 그 또한 좋은 일이에요. 아픔으로 인해 내가 많이 배우고 성장하게 되었잖아요. 소중한 인연을 잃은 게 아니라 그 일 덕분에 새로운 인연과 기회를 만날 수 있으니, 좋지 않은 일이란 게 애초에 없어요.

나쁜 일이라고 생각하는 것 또한 결국 좋은 일인 것입니다."

오랜 기도와 수행을 통해 자신을 갈고닦은 세월만큼이나 본질을 꿰뚫고 바르게 보는 혜안이 있는 스님은, 많은 말씀을 하지 않더라도 내게 묵직한 울림을 준다. 그 안에 심오한 진리가 담겨 있다. 그것이 때로는 나를 당혹스럽게 만들기도 하고, 때로는 놀라게도 하고, 혹은 화끈거리게도 한다.

이곳에서 나는 종교적인 차원을 넘어 인생을 살아가는 데 있어 중요한 것들을 매일 연습하고 반복한다. 숨쉬는 것에서부터 먹는 것, 입는 것, 자는 것, 말하는 것, 행동하는 것, 생각하는 것에 이르기까지 나를 알아차리는 힘을 키우고, 나아가 깨어 있는 삶을 살도록 돕고 있다.

나는 돈 주고도 배우기 힘든, 귀한 인생 가르침을 얻는 배움터에 살고 있는지도 모른다.

31일차

또 하나의 즐거움, 행자님과의 공부 시간

절에서 지내면서 얻게 된 또 하나의 즐거움이 있다. 그것은 바로 행자님과의 공부 시간.

꼬마 행자님은 크게 두 가지의 사회적 역할을 수행한다. 절에서는 행자로, 세속에서는 초등학생으로. 절 안에서는 회색 예복(이를 절에서는 대개 '법복'이라고 부른다)을 입고 부처님의 제자가 될 공부와 수행에 주력하지만, 삶을 살아가는 데 있어 도움이 될 기본적 소양을 익히는 차원에서 학교 공부 역시 소홀히 하지 않는다.

부처님의 가르침에 대한 공부는 스스로 경전을 보고 습득하며 스님께서 직접 문답을 하거나 법문을 통해 일러주시기도 한다. 학교 공부는 시간표에 따라 영어와 수학 같은 주요 과목을 중심으로 공부하는데 그때 내 도움이 약간 필요하다. 주로 막히는 부분, 틀린 문제에 대한 설명이 나의 몫이며 영어단어 테스트를 실시하고 채점해주기도 한다.

“우와, 우리 행자님 이해력이 정말 좋은걸요? 참 잘했어요!”

“이제야 알겠다! 휴… 답답했는데 해결됐어요. 저것도 좀 헷갈리는데 가르쳐주실래요?”

“행자님, 이건 이런 식으로 생각하면 쉬워요. 차근차근 같이 풀어봐요.”

행자님이 알아듣기 쉬운 언어를 사용해, 그와 보폭을 맞추며 함께 걷는다. 설명이 어렵지는 않은지, 이해는 잘 되는지 중간중간 눈을 맞추어 확인한다. 그렇게 천천히 안내하다 보면 법당 한켠에서 웃음소리가 퍼져나간다. 하나하나 배워가는 것에 대한 반가움, 그리고 은연중 서로를 알아가는 즐거움 때문에.

배우는 사람도, 가르치는 사람도 이 시간이 무척이나 즐겁다. 함께하는 공부가 하나의 놀이가 되어가니까. 그야말로 공부 시간인 동시에 교감 시간이다.

조용하고 말이 없던 행자님의 질문이 하루가 다르게 늘기 시작했다. 공부에 대한 질문보다는 ‘나’에 대한 질문이….

“보살님은 몇 년생이에요?”

"저는 85년생이에요."

"85년생이면… 소띠네요!"

"우와! 행자님, 어떻게 알았어요?"

"손가락으로 계산하면 쉬워요. 이건 제가 가르쳐드릴게요. 소띠는 성실하다고 하던데 맞나요?"

"음… 아마 그럴걸요?!"

"하하하!"

함박웃음 짓는 서로의 얼굴 사이로 마음의 문이 활짝 열리는 소리가 들린다.

내일은 또 어떤 질문이 기다리고 있을까?

32일차

노력 중독

직장인으로 살 때는 아침부터 저녁까지 시간에 쫓기며 살았다.

출근하자마자 책상에 앉아 컴퓨터를 켜고 'To do list'를 작성하는 것으로 하루를 시작한다. 오늘 해야 할 일들을 실수 없이 빠뜨리지 않고 완벽하게 처리하기 위해서, 무엇보다도 시간을 효율적으로 쓰기 위해서.

정신없이 서너 시간을 보내고 나면 어느덧 점심시간이다. 내게 이 시간은 맛있는 음식을 먹거나 휴식을 취하는 시간이 아니다. 오후 업무를 잘하기 위한 에너지 충전의 시간에 불과했다. 메뉴 역시 마음 편히 맛있게 먹을 수 있는 식사다운 식사가 아닌 그저 간편한 것, 빨리 허기를 해결할 수 있는 것으로 고정되어갔다.

무언가를 삼킨 후 다시금 업무에 파묻힌다. 진행 중인 사업의 성과를 하루 빨리 보기 위해, 내게 주어진 목표를 달성하기 위해 오늘도 달려야 한다는 압박감과 불안감에 일을 손에서 놓지 못했다. 내가 할 수 있는 것은 노력에, 노력에, 노력을 보태는 것뿐이라며 모든 에너지를 쏟아 붓고 나면 저녁, 아니 밤이 되어서야 회사 건물을 벗어난다. 하늘을 보면 해는 언제 졌는지도 모른 채 별과 달이 환하게 떠 있다.

퇴근 후에도, 주말이 되어서도 휴대전화에 울리는 메시지와 메일 때문에 일과 생활의 경계가 사라진 지 오래. 그런 내게 요일의 구분은 무색했다.

그때 나는 경쟁에서 이기려면 더 치열하게 움직여야 하고 다른 이들보다 더 열심히 해야 한다는 강박으로 가득했다. 작금의 사회구조와 현실 속에서 인지하지 못한 사이 나는 노력 중독에 빠져 있었다. 생각해보면 내가 원한 적도, 내가 동의한 적도 없는데 말이다.

스님께서 경전 108회독이라는 과제를 주시면서 예불 시간을 제외하고는 경전 읽기가 일상이 되었다. 오늘도 경전 읽기가 한창, 정신없이 글을 읽어 내려가던 중이었다.

그런데 귓가에 음성 하나가 내리꽂혔다.

"굳이 그렇게 하지 않아도 됩니다."

스님께서 곁을 지나가다 던진 한마디였다.

무슨 말씀인 걸까, 잠시 어리둥절해 있다가 조금 후에 비로소 그 말의 의미를 알아챌 수 있었다.

나는 보이지 않는 상대와 경쟁이라도 하듯 혼자만의 속도전을 치르고 있었다. 경전의 말씀에 집중하고 가슴으로 받아들이기 위해 노력해도 뜻을 헤아리기가 쉽지 않을 판에, 나는 경전 읽는 횟수에 집착하고 있었다. 소리 내어 읽으라고 했거늘 빨리 읽는 것에 급급해 읽는 나조차 못 알아들을 뭉개진 말들이 입술만 빼끔거리게 만들고 있었다. 수행의 방법으로 경전을 읽으라는 것이었는데 본래 목적은 사라지고 결과만을 향해 쫓고 있었다. '어떻게 하면 진도를 많이 나갈 수 있을까?' '오늘은 몇 페이지까지 무조건 읽어야 해!' 하는 식의 목표가 머릿속을 온통 차지하고 있었다.

'이렇게까지 강박적으로 읽는다고 해서 무슨 소용이 있을까. 절에서까지 이러고 있구나!'

노력 중독자의 습성은 어디 가지 않았다. 밖에서 하던 것처럼 꾸역꾸역 맹목적인 전력질주를 하고 있었다. 노력은 목적을 향해야 하는데, 눈에 보이는 수치와 결과만을 보고 이를 향해 달려가고 있었다.

번뇌와 망상을 내려놓고 마음이 제대로 쉬어가는 법을 배우기 위해 절에 왔는데 또다시 경전과 경쟁을 벌이고 있는 내 모습을 자각하자 서글픔이 밀려왔다.

씁쓸한 미소를 삼키며 내게 한마디 건네어본다.

그렇게 애쓰지 않아도 돼.

그렇게 스스로를 괴롭히지 않아도 돼.

#33일차

꿈 II

꿈속에서는 나의 무의식 속 마음 상태가 여실히 드러난다.

오늘 새벽에 꿨던 꿈 역시도 그러했다.

몸담았던 회사의 문을 들어서고 있었다. 자동문이 열리고 회사 내부의 풍경이 들어왔다. 내가 있을 때와는 완전히 다른 모습이었다. 내가 머물던 흔적은 말끔히 지워진 채 전혀 다른 분위기로 변해 있었다. 사무실 가구의 위치나 진열상태까지 모든 게 달라져 있었다. 유일하게 내 자리만큼은 그대로인데 그 자리는 이미 다른 누군가로 채워진 상태였다.

아침부터 밤까지 온종일, 주말까지도 머물던 공간이었는데 이젠 너무나 이질적이고 낯선 곳이 되어 있었다.

어색함 속에서 머뭇거리고 있는데 같이 일했던 상사와 동료가 들어섰다. 차마 인사를 건네지 못하고 쭈뼛거리며 서 있는데 그들 역시 내게 특별한 눈길을 주지 않았다.

한동안 그 자리를 떠나지 못하고 있다 다시 마주친 그들. 그제야 내게 몇 마디 말을 건넸다.

“건강은 괜찮습니까?”

“네….”

“어떻게 지내고 있습니까?”

“그럭저럭 잘 지내고 있습니다.”

형식적이고 의례적인 물음과 감정이라곤 찾아볼 수 없는 대답. 겉으로는 아무렇지 않은 척, 아무 일 없는 척하는 메마른 인사가 오갔다. 그 이후에는 건조한 공기 속, 데면데면한 사이 틈으로 적막이 흐를 뿐이었다.

그 장면을 통해 내 마음 상태를 적나라하게 목격했다.

떠나온 회사를 굳이 왜 다시 찾아간 건지…. 몸은 떠나왔지만 마음은 거기에 두고 온 걸까. 내 시간과 노력을 다 바친 회사에 미련을 남겨둔 것인지도 모르겠다.

또 당연히 새로운 사람으로 채워져야 할 내 예전 자리에 다른 사람이 앉아 있는 모습을 보고 씁쓸함을 느끼는 건 왜일까. 빠르게 지워져버린 내 자리에 공허감을 느끼는 내가 우스웠다.

절을 하고 경전을 읽으며 그들에 대한 감정들이 많이 사그라졌다고 믿었다. 그래서 이젠 괜찮을 줄 알았다. 웬걸, 꿈에서 다시 마주친 그들에게 나는 여전히 서먹하고 불편한 마음을 느꼈다. 꿈에서 다시 만난 그들은 여전히 차갑게 굳은 얼굴, 싸늘한 말투였다. 그러한 모습으로 만나게 된 걸 보면 아직은 진정한 이해나 화해에 도달하기엔 이른 게 아닐까. 아니, 내 마음 깊은 곳에서는 아직 이것들을 거부하고 있는지도….

절에 들어오기 직전 화를 주체하지 못하고 쏟아내던 때와는 또 다른 슬픔이 내 곁에 머무른다.

그렇게 꿈을 통해 내 마음을 발견한다. 내 안에 감춰진 속마음을 또렷이 마주한다. 진정한 화해와 수용을 향한 과정을 밟아나가는 중일 거라고, 그렇게 믿어본다.

다음엔 어떤 꿈을 꾸게 될까?

그때 난 웃고 있을까?

35일차

음식을 대하는 자세

더운 여름과 이별을 고하고 서늘한 가을과 함께하는 요즘 같은 때는 음식 관리에 비상이 걸린다. 아침저녁은 쌀쌀해도 한낮에는 꽤 높은 기온이 계속되기 때문에, 아침에 만든 음식을 실온에 내버려두면 저녁때가 되어서는 그 맛과 향이 달라지기 십상이다.

"냄새 좀 맡아보세요. 어떠한가요?"

저녁 식사를 준비하던 차에 행자님이 내게 물었다. 점심 도시락으로 싸갔던 나물 반찬과 밥이 남아 꺼내 보였는데 코를 대니 살짝 시큼한 냄새가 올라왔다.

"행자님, 음식이 쉬었어요. 못 먹을 것 같아요."

"제가 맛을 잘 못 느껴서 그런데 얼마나 쉬었나요? 50퍼센트 이상인가요?"

음식의 상한 정도를 퍼센트로 따진다는 것도 신박했지만 정말 궁금해하는 행자님의 표정을 보고 정량적인 평가에 대해 내 나름의 기준대로 답하지 않을 수 없었다.

"그 정도는 아닌데 그래도 쉰내가 나긴 해요."

"그럼 괜찮아요. 50퍼센트 이상 쉬지 않았다면 먹어야 해요."

그러면서 행자님은 대수롭지 않다는 듯이 밥을 물에 헹구고, 남은 반찬에 국 하나를 더해서 저녁 식사로 삼았다.

절에서 지내다 보면 음식 하나하나를 소중히 여기게 된다. 밥상에 올라오는 음식들은 모두 신도들에게 보시받은 것들이기에 감사한 마음으로 쌀 한 톨까지 남김없이 깨끗하게 먹으려는 마음을 갖는다. 자기가 먹을 만큼만 먹고, 음식을 남기는 일을 찾아보기 어렵다. 특정한 어떤 것에 집착하거나 가리는 것 없이 모든 음식들을 아끼고 소중하게 생각하게 된다.

밖에 있을 때의 나는 어떠했을까? 식당에서 음식을 남기는 일이 허다했고, 집에서도 특별한 죄의식 없이 남은 음식을 버리기 일쑤였다. 아까운 줄도 모르고.

이제는 알고 있다. 음식 하나가 내 입으로 들어오기까지 많은 사람들의 노고와 은혜가 있었다는 것을. 조리 방법이나 보관 방법을 조금만 바꿔도 다 먹을 수 있는 음식이었는데 너무도 쉽게,

고민도 없이 많은 음식을 버리고 쓰레기를 만들어왔다는 생각에 부끄러워졌다.

음식을 남기는 일, 소중한 음식이 쓰레기로 전락하는 일 따위는 만들지 않는 법을 배워간다. 보관에도 신경을 쓰고, 다른 이들과 나누기도 하고, 조금이라도 상할 우려가 있다면 끓이거나 찌거나 볶아서 음식의 수명(?)을 연장하는 등 모든 음식들이 버려지는 일이 없도록 신경을 쓰는 등 음식을 대하는 지혜를 하나하나 배우고 있다.

이런 마음가짐을 많이 익혔다고 생각했는데, 어린 행자님의 음식을 대하는 자세는 놀라지 않을 수 없었다.

쉬어버린 음식까지 쉬이 낭비하지 않는 행자님에게서 그렇게 또 하나 배운다.

36일차

마음아,
몰라줘서 미안해

평소와 똑같이 새벽 예불을 올리고, 아침 공양을 하고 설거지를 마친 후 법당에 내려왔는데 정체 모를 우울한 감정이 불현듯 찾아왔다.

'도대체 이 우울은 뭐지?'

왜, 그럴 때 있지 않은가? 분명 내 것인데 나조차 도무지 설명하기 어려운 내 마음. 내가 느낀 내 감정을 왜 느끼는 건지 딱히 뭐라 표현하기 어렵고 애매한 상태. 마음에 걸리는 어떤 일이 생각났거나 무슨 일이 있었던 것도 아니었다. 어디서 찾아든 건지 당최 연유를 알 수 없는 우울과 반나절을 함께 보냈다.

이런 감정일 때는 경전이 눈에 잘 들어오지도 않거니와 뜻이

잡히지도 않는다. 경전 읽기가 한없이 지루하게 느껴진다. 진도는 나가지 않고 오늘 목표한 분량에서 멀어진다는 느낌이 들면 더욱 감정이 가라앉는다. 흥이 나도 모자랄 판에 도리어 진이 빠지는 꼴이라니.

어영부영 시간을 보내고 있는데 눈치 없는 배꼽시계는 제 시간이 되자 칼같이 울린다. 한 것도 없이 밥을 먹으려니 무안하긴 했지만 그 생각이 무색할 정도로 밥은 잘 들어갔다.

기분 전환에는 입을 즐겁게 하는 것만 한 게 없다. 맛있는 음식이 몸에 들어오니 한결 기분이 나아진 듯했다. 정체 모를 우울 때문에 괜스레 기분만 이상했는데 식사도 잘 했겠다, 오후에는 기운을 내서 잘해보리라 마음을 먹고 자리에 앉아 반듯하게 자세를 잡았다.

그런데 무슨 일일까? 경전을 펼치고 첫 음절을 떼는 순간, 눈물이 핑 돌았다. 눈물은 찰나의 시간조차 견디지 못하고 곧바로 볼을 타고 또르르 흘러내렸다. 경전의 내용이 슬퍼서도, 아침에 느꼈던 우울함이 가시지 않아서도 아니었는데 왜 눈물이 흐르는 걸까. 알 수 없는 이 감정에 어찌할 바를 몰랐다.

예전 같으면 그냥 지나쳤을 일이었다. 한때 스쳐가는 감정 상태일 거라고, 가뜩이나 할 일이 많은데 그런 모호한 감정을 궁금해할 시간이 어디 있냐고 흘려 넘겼을 것이다. 하지만 지금은 그러고 싶지 않았다. 이 감정이, 내 마음이 궁금해졌다. 끝까지 쫓아가보고 싶었다. 그러면서 이런 생각이 들었다.

'내가 일으킨 내 생각, 내 마음, 내 감정. 내가 모르면 누가 알까? 평생 데리고 사는 내 마음, 내가 알아주지 않으면 누가 알아야 할까?'

그동안 아무것도 아닌 것으로 치부해버린 내 마음에게 미안해졌다.

'그래서 많이 아팠구나. 내가 나 자신을 돌보지 않아서…. 타인의 관심과 사랑만을 갈구했는데 정작 내가 내 맘을 몰라줬구나. 정말 필요한 건 나 스스로의 보살핌이었는데….'

눈시울이 뜨거워졌다.

끝내 나는 오늘 찾아온 이 우울에 대해서 답을 찾지 못했다.

다만 두 손에 따뜻한 기운을 담아 가슴에 모으고 내게 약속했다.

앞으로는 외롭게 하지 않겠다고. 분명, 이유 있을 내 감정들을 끝까지 따라가 보겠다고. 더는 혼란과 혼돈의 상태에 내버려두지 않겠다고.

37일차

몰입의 힘

"알고 있니? 책 나왔어."

일을 하면서 알게 된 지인이 연락을 해왔다. 반갑지 않은 소식을 듣고서.

회사를 나오기 전, 동료들과 공들인 프로젝트가 있었다. 세 명이서 각자의 업무 성격을 반영한 노하우를 모아 한 권의 책을 출간하기로 했다. 주중에는 업무만 하기에도 빠듯해 주말을 이용해 작업할 수밖에 없었다. 글을 쓰느라 한동안 휴일을 반납해야 했다. 공동 집필이라고는 하지만 글쓰기가 쉽지만은 않았다. 분량의 부담만 덜었을 뿐이지 필력까지 덜 수 있는 것은 아니었으니까. 하지만 글을 쓰는 것은 나의 오랜 소망이자 고되고 힘든 직장생활 속에서 나를 버티게 하는 한 가닥 희망이었기 때문에 집필에

심혈을 기울였다. 부족하지만 힘들게 완성한 원고에 뿌듯함을 느꼈고, 출간되는 날만을 손꼽아 기다렸다.

그러나 인쇄만을 앞둔 상황에서 서로의 의견차를 좁히지 못했고, 그 상황에서 회사를 나오게 되었다. 그렇게 내 글은 결국 휴지조각이 되어버렸다.

내가 빠진 원고가 책이 되어 서점에 발매되었다는 소식을 눈으로 확인하게 되자 괜찮은 줄 알았던 마음이 요동치기 시작했다.

괘씸함과 아쉬움, 안타까움과 부러움이 뒤섞인 온갖 번뇌 망상이 나를 괴롭혔다. 그들을 원망하는 소리가 가슴속에서 쿵쾅거렸다. 얼굴은 빨갛게 달아오르고 호흡은 가빠졌다. 흥분을 가누지 못하고 저녁 수행 시간까지 끌고 오게 되었다.

법사님의 지도에 따라 몸을 움직였지만 머릿속은 여전히 복잡하기 그지없었다. 어수선한 마음을 억지로 이끌며 법사님의 말씀을 놓치지 않으려 안간힘을 썼다.

"밝은 빛이 내면 깊숙이 들어온다고 상상해보세요."

법사님의 말씀에 따라 눈부시게 빛나는 환한 빛이 내 안에 가득히 들어오는 상상을 하며 의식을 가슴 한가운데로 모으고자 했다. 밝고 환한 빛이 포근히 나를 감싸는 듯했다. 점차 호흡이 차분해지고 몸이 이완되는 느낌이었다. 기분 좋은 따뜻한 빛이 내 안을 가득 채우고 있다고 생각하니 어느새 깊은 안정감을 느끼게 되었고 마음에는 다시금 평화가 찾아왔다.

아직도 쉽게 멘탈이 부서지고 흔들리곤 한다. 하지만 한 가지 달라진 것을 발견했다. 어떠한 일에 직면했을 때 예전 같으면 그 생각에 계속 끄달려 해야 할 일도 못하고, 하려던 일도 쉽게 놓아버렸을 텐데 이제는 그 반대로 대처하고 있다. 하려는 일, 해야 할 일에 더욱더 몰입하고자 애쓴다. 집중함으로써 괴로움과 잡생각을 잠재운다. 이것이 절에서 지내면서 내게 찾아온 가장 긍정적인 변화가 아닐까.

39일차

뭣이 중한지도 모르고

부끄러운 고백을 하자면 아침마다 마사지를 받고 있다. '절에 있으면서 무슨 마사지야?!'라고 생각할지 모르겠지만 사실이 그렇다. 나이 어린 내가 해드려도 모자랄 판에 60대 보살님께 오히려 마사지를 받고 있다니… 죄송하고 무안하고 황송하기 그지없다.

이유는 그러했다. 절에 들어와 3천 배를 넘기면서부터 무릎과 허벅지가 아파왔다. 처음엔 갑자기 안 하던 절을 무리하게 해서 그런가 싶었지만 만 배가 끝나고도 통증이 가라앉지 않았다. 단순히 아픈 정도가 아니라 일어서고 앉을 때 비명이 절로 나오고 무언가를 짚지 않으면 몸을 움직이기 힘들 정도였다. 허리, 어깨, 심지어 발가락까지 몸 구석구석 안 아픈 곳이 없었다.

이런 나를 보고 스님이 말씀하셨다.

“그간 얼마나 몸이 많이 긴장했으면 그렇게나 아플까요? 3천배를 매일 6개월씩 하신 보살님도 이렇게까지 아파하진 않았습니다. 막히고 쌓인 것이 뚫리고 풀려야 합니다.”

스님은 경락 마사지를 할 줄 아는 보살님에게 내 몸을 돌봐줄 것을 부탁했고, 보살님은 그 뒤로 아침마다 내게 마사지를 정성스럽게 해주셨다.

“악!”

“손만 대도 자지러지네요.”

처음에는 가장 많이 통증을 느끼는 무릎과 다리 위주로 마사지를 받았다. 보살님이 살짝 주무르기만 해도 어쩔 줄 몰라 할 정도로 아팠지만 그래도 받고 나면 통증이 덜했다. 보살님은 조금씩 범위를 넓혀갔고, 어제는 전신 마사지를 해주셨는데 끝내고 난 후 몸살이 올 수 있다고 했다.

아니나 다를까. 오늘 아침, 몸을 일으키는 것부터가 너무 힘겨웠다. 온몸에 바윗덩어리를 달고 있는 것처럼 무겁고 몸을 가누기가 힘들어서 법당 한쪽 구석으로 가 몸을 뉘었다.

잠깐씩 잠이 들기도 했는데 기억나진 않지만 그 사이 요란하게 꿈을 꿨던 것 같다.

회사를 다닐 때도 항상 피곤했다. 풀리지 않는 피로를 짊어진

이 몸을 이끌고 살았다. 목이며 어깨며 머리며, 손만 대면 아프다고 할 정도로 좋지 않았는데 바쁘다는 이유로 내 몸을 방치한 채 사는 일에 매달려 여기까지 왔다.

'무엇이 중요한지도 모르고 그렇게 달려온 거니?'

가장 우선적으로 생각해야 할 건강을 챙기지 않았던 나의 과보라 생각한다. 지금의 이러한 통증과 아픔은 내가 받아야 할 벌이 아니라 내 몸을 돌보라는 강력한 신호가 아닐까.

이참에 균형이 깨진 몸을 잘 회복하라고, 다시 건강을 되찾으라고.

40일차

맛 좋은 대화

오후 3시, 행자님 간식 시간.

행자님은 먹는 양이 많지 않다. 그래서 그런지 또래에 비해 체구가 작고 마른 편이다. 하얀 피부에 여리여리한 체구가 안쓰러워 하나라도 더 먹이고 싶은 마음이다. 이럴 땐 꼭 엄마가 된 기분이다. 그래서 행자님이 학교에 다녀온 후 옷을 갈아입고 본격적인 공부를 시작하기 전 휴식도 취할 겸 간식을 먹는데, 이 시간에 맞춰 행자님이 먹을 떡이나 과일, 견과류를 챙긴다. 내가 간식거리를 챙기고 있을 때면 행자님도 옆에서 포크나 수저를 챙겨 상 위에 놓는 일을 거든다.

"행자님, 이거 먹어요."

하고 간식을 내어 놓으면,

"보살님도 드세요."

하며 본인 것의 반을 덜어 내 앞에 놓아준다.

행자 생활이 몸에 배어서일까. 자기가 먹는 와중에도 내 것을 잊지 않는다. 늘 내 것을 먼저 챙기고 본인 몫을 챙긴다. 흐뭇한 표정으로 행자님을 바라본다. 떡 한 조각에 그의 선한 마음도 함께 올려 한 입 베어 문다.

어느 날부터인가 행자님도 나도 이 시간을 기다린다. 단지 달콤한 간식을 먹을 뿐만 아니라 흥미로운 이야깃거리로 가득하기 때문이다.

"사람이 사람답게 살려면 무엇이 필요한지 아세요?"

"네? 뭘까요?"

"건강한 몸, 영혼, 정신이 있어야 해요."

전혀 생각지 못한 대답에 많이 놀랐다. 어린 외모 때문에 행자님이라는 것을 자꾸 망각했구나. 어렸을 적부터 불법을 공부했는데…. 그러고 보면 행자님은 역사, 지리, 철학에 관심이 많았다. 알고 있는 철학자도 많았고, 그들이 남긴 명언도 줄줄 꿰고 있었다.

"소크라테스가 남긴 명언 중에서 '너 자신을 알라'가 가장 유명하지만 저는 '유일한 선은 앎이요, 유일한 악은 무지이다.' 라는 말을 참 좋아해요. 아, '나는 생각한다. 고로 존재한다' 라는 말을 누가 한 말인지 아세요?"

"행자님, 그 정도는 저도 알아요. 데카르트가 한 말이죠. 저는 '내일 지구의 종말이 온다 할지라도 나는 오늘 한 그루의 사과나무를 심겠다'라는 말을 좋아하는데 이 말은 누가 남긴 말인지 혹시 아세요?"

"스피노자가 말했어요. 나도 이 말 좋아하는데!"

주고받는 질문과 대답에 시간 가는 줄 모른다. 정신을 차리면 30분의 간식 시간이 끝나가고 있다.

"내일 우리 다시 이야기 나눠요."

못다 한 이야기가 아직 많이 남아 있다는 듯이 행자님의 눈빛에는 아쉬움이 가득 서려 있었다.

언제 그러한 것들을 배우고 익혔을까. 한편으론 기특했고, 다른 한편으론 이 절에 지적 교감을 나눌 수 있는 좋은 상대가 있음에 감사했다. 행자님 덕분에 단조로울 수 있는 템플 라이프에 생기가 돈다.

행자님, 내일도 맛있는 간식 준비해놓고 기다릴게요!

\# 42일차

배가 찢어지게 웃어봤니

햇살 좋은 일요일 오전, 법당에서 한가로운 시간을 보내고 있었다.

절에 들어와서 신기했던 점, 주말에 오히려 법당이 더 조용하다는 것이다. 예불하는 시간이나 법회가 있는 날에는 신도들로 북적거리지만, 주말에 가장 사람이 많은 교회나 성당과는 달리 절의 주말은 비교적 차분하고 요요(寥寥)하다. 대신 절에서 상주하고 있는 식구가 다 같이 모여 앉을 수 있다.

스님께서 외출을 하시거나 수련 등 볼일이 있어 다른 곳에 가시면 우리들만 남는다. 같이 지내는 식구는 20대 초반의 여대생, 30대 중반의 보살님, 행자님, 그리고 나까지 모두 네 명. 그중에서도 하루를 온전히 절에서 지내는 사람은 오직 나뿐이고, 다른 식구들은 다들 학교와 회사에 출근하느라 아침 공양 시간에만 잠깐 마주 앉을 수 있었다. 그래서 그런지 여유 있게 모여 앉은 이 시간이 반갑기만 했다.

"우리 오늘 팥 고르기나 할까요?"

"안 그래도 동지가 코앞이라 그런지 요즘 팥 보시가 많이 들어오더라고요."

우리는 모여 앉아 한 알 한 알 집중해서 팥을 고르기 시작했다. 좋은 팥은 색깔이 짙고 낱알이 굵으며 가운데 흰 띠가 선명한 것이라고 했다. 낱알이 고르지 않거나 흠이 있거나 이물질이 묻은 팥은 골라내고 좋은 팥만 모은다.

처음 하는 팥 고르기는 꽤나 재미있었다. 단순하지만 집중할 수 있어 흥미로웠다. 하지만 두어 시간이 지나자 그냥 팥만 고르기에는 뭔가 심심했다. 그래서 한마디씩 시작한 것이 자연스럽게 저마다의 예쁜 추억을 소환하는 대화로 이어졌다.

대학생 보살님의 학교생활 이야기를 묻다가 각자의 학창 시절 이야기를 풀어놓았다. 캠퍼스의 낭만 가득한 첫사랑 이야기. 떠올리기만 해도 가슴이 몰랑몰랑, 콩닥콩닥해지는 이야기가 아니던가. 달콤한 이야기들은 어느새 인기 배틀(?)로 이어졌다. '내가 제일 잘 나가~' 노랫소리가 배경음으로 울리는 듯했다. 믿거나 말거나, 확인될 수 없는 이야기여서일까. 한창 잘나갔던 시절의 이야기들이 마구 쏟아져 나왔다. 화이트데이에 일곱 명에게 고백을 받았다느니, 거대한 풍선+촛불 이벤트를 받았다느니, 천 명 앞에서 사랑의 세레나데를 들었다느니…. 그러면 뭐 하나. 지금은 모두 솔로인 것을. 부질없다며 중고등학교 시절 이야기로 넘어갔다. 그 당시에 유행했던 것들, 친구들과의 재미난 에피소드, 그리고 학교마다 있는 이상하고 괴팍한 선생님 성대모사까지….

"깔깔깔!"

마치 그 시절 소녀로 돌아간 것 같았다. 우리는 별것 아닌 말에도 숨이 넘어가도록 웃었다. 웃음이 끊이질 않았다. 팥을 고르다 말고 무슨 일인가. 눈에서 눈물이 날 정도로 웃어대는 바람에 배가 찢어질 것 같았다. 멈추지 않는 웃음 때문에 배를 부여잡고 데굴데굴 굴렀다. 마치 레크리에이션에 참석한 사람들이 과장되게 웃는 것처럼, 그렇게 한참을 웃었다. 웃다가 지쳐 쓰러졌다는 말이 딱 어울리는 순간이었다.

한 20여 분이 지났을까. 그러다 문득 질문 하나가 떠올랐다.

이렇게 배가 찢어지도록 웃어본 게 언제였을까?

'어라…? 생각이 안 나네. 정말 언제였지?'

입가에 머금고 있던 미소가 슬그머니 사라졌다. 크게 소리 내어 웃던 내 모습이 언제 자취를 감춘 건지 모르겠다. 그저 바람에 낙엽만 굴러가는 소리에도 깔깔거리며 웃던 그때가 내게도 있었는데, 그런 때가 있었는지조차 잊어버리고 살았다. 세월이 웃음을 앗아간 거라고, 세월 탓을 해야 할까. 아니면 웃음을 잃어버린 삶을 만든 내 탓을 해야 할까.

당신에게도 한 번 묻고 싶다. 배가 찢어지게 웃어본 적이 언제냐고.

43일차

진정한
소·확·행

외부 세상을 차단했다. TV, 인터넷, SNS에서 완전히 멀어진 삶. 복잡하고 시끄러운 것에서 벗어나고 싶어 들어왔으니 이것들을 손에서 놓아버리는 건 당연지사. 그러다 보니 걸려오는 전화는 때를 놓쳐 받지 못하고 간혹 문자메시지에 대한 회신을 하는 정도로 지낸다.

말도 없이 갑자기 사라진 탓에 회사를 그만두었다는 내 소식을 듣고서 연락을 주는 지인이 있는가 하면, 아무것도 모르고 내 안부를 묻다 절에 들어온 것을 알게 된 친구들도 있다. 그렇게 연락이 닿은 모두가 한결같이 내가 편안히 지내기를 바라는 마음을 내어준다. 고마울 따름이다.

저녁 공양을 마치고 잠시 휴식을 취하는 동안 방치해두었던 휴대전화를 확인했다. 동영상 하나가 전송되어 있었다. 열어보는 순간, 방긋 미소가 지어졌다.

"민정아, 안녕? 네 생각이 나서 말야. 쑥스럽지만 이렇게 카메라 앞에 앉았어. 동영상 처음 찍어보는데 어색하지만 재밌는걸? 너한테 예쁘게 보이고 싶어서 새 옷도 입고 화장도 했는데 어때? 괜찮니?

넌 어디서 뭘 하든 잘할 거라는 걸 알아. 내가 너 믿는 거 알고 있지? 다음에 만나서 폭풍 수다 떨자. 기다리고 있을게. 안녕!"

고등학교 단짝친구의 영상이었다. 보고 싶은 친구의 모습을 영상으로 만나게 되자 반가움과 놀라움 그리고 고마움에 가슴이 뭉클하고 눈물이 왈칵 솟아올랐다.

'절에서 그리운 친구의 얼굴을 보게 될 줄이야!'

그리고 더한 감동으로 찾아온 건 그녀의 세심함과 배려였다.

내가 절에 들어간다는 걸 유일하게 알고 있었던 친구. 들어오기 전 나의 몸과 마음 상태가 어떠했는지 잘 알고 있었기에 더 많이 궁금하고 한편으론 더 많이 걱정이 되었을 것이다. 그러나 누구보다 나를 잘 이해하고 알아서일까. 굳이 전화를 걸지도 않고 문자메시지로 내 상황을 일일이 캐묻지도 않았다. 나의 안부가 궁금한 마음을 전하기 위해, 그리고 사랑하는 사람들이 많이 보고플 거란 내 마음을 배려하여 그녀가 택한 것이 바로 영상이었다. 묻고 싶은 게 많았을 텐데, 알고 싶은 게 많았을 텐데 그저 밝은 미소와 환한 표정으로 그 마음을 대신했다. 그녀의 눈빛에서, 음성에서 마음을 읽을 수 있었다.

'어쩜 그렇게 감동을 줄 수 있니…!'

많은 생각이 들었다. 내 곁에 나를 진심으로 아껴주는 사람들이 많이 있는데 놓치고 있었구나. 정작 나는 이들에게 얼마나 사랑을 표현하고 살았을까….

사랑하는 사람이 있다는 것.

보고 싶은 사람의 얼굴을 볼 수 있다는 것.

진실한 마음을 느끼는 것.

이것이 소·확·행 아닐까?

소소하다고 하기에는 너무나 소중하고 확실한 행복!

'친구에게 동영상 편지를 받았어요! 이런 편지 받아본 사람 얼마나 될까요?'

마음속으로 몇 번이고 소리쳐 자랑했다.

절에 들어오지 않았더라면 몰랐을 많은 것들을 얻어간다. 오늘은 친구의 사랑으로 소·확·행을 선물받았다.

44일차

수행자의 너그러움

"늘 이렇게 시간을 지키지 않습니까?"

보살님들과 이야기를 나누느라 시간 가는 줄 몰랐다.

평소에는 법당에서 각자 기도와 수행을 할 뿐 말을 많이 섞지 않는다. 개인적인 이야기는 고사하고 오갈 때도 눈인사로 대신할 뿐이다. 거의 유일하게 자유롭게 이야기를 나누는 시간이라면 공양 시간.

대개 공양이 끝나면 자신이 먹은 그릇을 치우고 자리에서 일어서기 마련인데 오늘만은 달랐다. 점심 공양을 마칠 시간이 훌쩍 넘어서도 이야기가 계속되었다. 지금까지 이런 적이 없었는데 서로의 이야기에 빠져드느라 이야기는 끝이 날 줄 몰랐다. 그런데 왠지 모르게 싸한 느낌이 들었다. 시간이 꽤 지난 것 같다는 생각에 고개를 들어 시계를 보니 아뿔싸! 벌써 시계 바늘은 3시 35분을 가리키고 있었다.

화들짝 놀라 부리나케 행자님과 함께 공양간을 나서는 순간, 스님과 마주치고야 말았다.

"늘 이렇게 시간을 지키지 않습니까?"

"아 그게 아니라 오늘 처음인데…."

"얼른 내려가세요."

나도 모르게 당황하여 버벅거리며 제대로 대답조차 하지 못한 채 서둘러 법당으로 내려가 바로 행자님과 함께 참선을 했다. 참선을 할 땐 생각도 마음도 평온한 것이 마땅한데 정신없이 허둥대다 자리에 앉았을 뿐 마음에는 자책이 한가득이었다.

사실, 이틀 전부터 스님께서 한 가지 주문을 하였다. 오후 3시 30분이 되면 행자님과 함께 참선을 하라고.

그렇게 시작한 지 며칠 지나지 않아 나는 그만 내 소임을 잊고 말았고, 결국 행자님까지 혼나야 하는 상황을 만들고 만 것이다. 내가 혼나는 것은 마땅하나 나 때문에 공연히 행자님까지 혼나게 되어 너무 미안했다.

"행자님 미안해요."

행자님에게 조심스레 사과의 말을 건넸다.

"그럴 수 있죠. 괜찮아요."

스님께 꾸지람을 들으며 기분이 상하고 내 탓을 할 만도 한데 행자님은 그게 뭐 대수냐는 듯이 아무렇지 않게 받아줬다.

어린 아이가 아닌 수행자이기에 나올 수 있는 반응이 아닐까.

행자님의 그 한마디에 주눅이 든 내 마음은 바람을 넣은 튜브처럼 다시 차올랐다.

PART 3.

나와의 마주침, 시절인연時節因緣

45일차

보이지 않는 것을 보는 힘

"겉으로 드러난 현상을 보고서 말하고 행동하는 것이 아니라 그 뜻을 보고서 말하고 행동해야 합니다."

오늘 아침 스님께서 하신 말씀이 오랫동안 머릿속을 떠나지 않았다.

'왜 그렇게 말 한마디에 집착했을까? 상대가 무심코 뱉어버린 그 한마디를 왜 그토록 오랫동안 붙들고 있었을까?'

보통 우리는 누군가에게 싫은 소리를 듣거나, 짜증이나 화가 섞인 말을 들었을 때 겉모양을 보고서 반응하게 된다. 그 말이 의미하는 본래의 뜻을 헤아렸더라면 받아들일 수 있는 부분도 미처 생각지 못하고 즉각적인 반응으로 대응해서 감정이 상하고 일을 더 크게 만드는 불상사를 일으킨다.

그런 면에서 행자님은 내게 최고의 가르침을 주는 선생님이다.

아무리 스님께 큰 꾸지람을 들어도 이에 끄달리지 않고 금세 해맑게 웃으며 이야기를 나누는 행자님을 볼 때마다 마음속에 진한 감동이 찾아온다.

반면 나는 이미 지나간 말을 부여잡고 계속 괴로워하고 속상해하며 스스로 상처를 자꾸 덧나게 하는 능력이 어찌나 탁월한지. 그 때문에 아물지 못한 상처들이 곳곳에 남아 있다.

겉으로 드러난 모양이 아닌 속뜻을 알면 오히려 감사하고 이해할 수 있을 텐데….

보이는 것보다 보이지 않는 것을 읽는 힘이, 인간관계에서 무엇보다 필요하다.

46일차

마음의 파장

"왜 상대의 행동이, 반응이 달라진 줄 아십니까? 바로 내 마음의 파장이 달라졌기 때문이에요."

마음의 파장이라….

스님의 말을 들으니 전 회사에서 회식 때 얼큰하게 술 한 잔 들이켠 대표의 말이 오버랩되었다.

"거울 좀 보세요! 표정이 어떤지…."

그동안 내게 말하지 못한 불만을 갖고 있다가 술기운을 빌려 대뜸 내뱉은 말이었다.

충격이었다. 거울을 보라니…. 속으로는 뾰로통하게 반발심이 일었다. 적반하장이라고 생각했다.

그들은 어떠했나? 나와 눈 한 번 마주치는 법이 없었고 업무적으로 꼭 필요한 말 외엔 제대로 된 대화를 아예 나누지 않을 정도로 무심하지 않았던가? 그 무겁고 척박한 공기가 나를 가장 힘들게 했다. 서로 뭔가 틀어질 대로 틀어져 아귀가 맞지 않는 걸 알면서도 아무것도 해볼 생각을 하지 않고 그저 그렇게 손을 놓고 있었던 그때….

조금은 당황스럽고 나를 화끈거리게 한 대표의 말을 듣고 화장실에 들어가 내 표정을 들여다보았다. 내 얼굴을 보고 나 역시 많이 놀랐다. 메마르고 황량한 사막처럼 건조함만이 남아 웃음이라곤 찾아들 여지가 없는 얼굴.

사실 그때는 모든 것이 힘겨웠다. 관계 때문에 심적으로 힘들었고, 멀쩡한 곳이 없는 몸도 힘들었고, 그 와중에 어마어마한 업무량이 나를 짓눌렀다. 무척이나 힘들고 아팠던 나에게, 내 표정이 상대방에게 어떻게 보일지 돌아볼 겨를 따위는 없었다. 하루하루가 지옥과도 같이 느껴졌던 때였다.

그런데 스님의 말씀을 듣고 보니 그때의 내 얼굴이 생각난다. 유대감과 따뜻함이 사라졌다고 애석해하기만 했지 나 스스로는 내 모습을 제대로 보지 못했다.

'나로 인해 그들도 많이 피곤했겠구나. 미소가 사라진 굳은 표정을 보며 얼마나 힘들었을까?'

누군가 말 한마디 붙이기 겁날 정도의 얼굴을 하고 있으면서 대화가 끊어졌다고, 차갑고 무심하다며 그들을 탓하고 있던 내 모습이 이제야 보인다.

지금 와서 모든 게 내 잘못이라는 자책을 하는 것은 아니다. 다만, 옳고 그름을 떠나 내 행동과 마음의 파장이 그들을 괴롭게 한 것은 부정할 수 없다.

꼭 직접적인 말로 표현하지 않았다고 해서 상처를 주지 않는 것이 아니었다. 오히려 그것이 더 상대를 난처하게 만들고, 힘겨운 상황 속으로 밀어 넣은 것은 아닌지 자문해본다. 내 마음의 파장 하나로 상대를 기쁘게도, 힘들게도 할 수 있다는 사실이 가슴 깊이 묵직하게 들어온 날이다.

48일차

몸으로 하는 마음 공부

거의 일주일을 꼬박 발 때문에 고생을 했다. 지난주에 발 치료를 받았는데 치료를 받고 나면 제대로 걸을 수 없다. 통증은 발바닥에서 끝나는 것이 아니라 다리 전체에 영향을 미친다. 그 때문에 걸음도, 절하는 것도, 앉고 일어서는 데도 무척이나 힘이 든다. 한동안 몸을 마음대로 움직이지 못하는 것이 가장 큰 불편이다. 앉거나 눕는 것밖에 할 수 없으니 몸은 찌뿌둥하고 무릎이나 허리 통증은 배가 된다. 통증이 계속되니 마음까지도 축축 늘어져만 갔다. 누가 내 마음에 무거운 추를 달아놓고 온 힘을 다해 아래로 잡아당기는 기분.

그렇게 몸도 마음도 가라앉은 시간을 보내고 나니 발을 내딛기가 한결 수월해져서, 오늘은 절을 할 수 있었다.

얼마 만에 하는 절인지! 오랜만에 몸을 움직이고 땀을 흘리자 개운하고 상쾌했다. 몸이 가뿐하니 기분전환이 되면서 경전도 즐겁게, 재미있게 잘 읽혔다. 오랫동안 눅눅해 있던 마음이 말끔하게 펴진 기분이다.

그래서 깨달았다.

수행을 할 때 마음만 돌보면 되는 게 아니라는 것을.

때로는 절이 하기 싫을 때가 있다. 그러한 마음을 누르고 절을 시작하면 편히 쉬고 싶다는 마음 속 외침, 여기저기서 느껴지는 통증에 정신이 흩어지기도 한다. 그럴 때 오로지 단전에만 의식을 두고 절을 반복하면 어느새 아픈 것도 잊어버리고 아무 소리도 들리지 않는다. 오직 기도하고 절을 하는 내가 있을 뿐이다.

이 지루하고 고된 행위를 왜 할까 싶지만 막상 시작하면 값진 보상이 찾아왔다. 절은 지금 이 순간 살아 숨쉬는 나를 만나게 하고, 쓰러진 나를 다시금 일으켜 세워주는 최상의 행위다. 외부에 휩쓸리던 마음을, 바깥으로 쏠려 있던 시선을 오직 내 안으로 향하게 한다. 땀은 뚝뚝 흐르고 숨은 가쁘고 몸은 녹초가 되지만 정신만은 또렷하다. 깨끗하게 씻어내린 듯한 나를 만났을 때의 기쁨과 충만감은 그 무엇과 바꿀 수 없는 행복이다.

평소에는 잘되지 않던 참된 비움을 경험할 수 있다. 머릿속을 헤집던 고민은 온데간데없이 사라지고 그토록 나를 괴롭히던 고통이란 형체는 실제로 존재하지 않는다는 것을 비로소 인지하게 된다. 없는 것을 가지고 있다고 착각함으로써 스스로 만들어낸 감옥에서 나를 풀어주는 시간이다.

마음만 돌보면 되는 것이 아니라 몸으로 하는 공부가 같이 이루어져야 비로소 온전한 마음 공부가 된다는 것을 알아간다. 하루 종일 앉아서 명상하고 경전 공부만 한다고 되는 것이 아니었다. 몸과 마음이 균형을 이룰 수 있도록 함께 닦아나가야만 건강하고 바른 마음을 유지할 수 있다.

몸과 마음이 연결되어 있음을 알면서도 마냥 늘어져 있고 싶을 때가 많다. 귀찮다고 움직이지 않고 싶을 때가 많다. 그럼에도 불구하고 움직여야 하는 이유는 단순히 신체적 건강만을 위해서가 아니다. 몸의 움직임은 마음의 건강을 돌보기 위해 밑바탕이 되는 필수 활동이란 것을 새삼 깨닫는 날이다.

49일차

지금 이대로 충분하다

아침에 홀로 앉아 고요히 명상을 하다 보면 마음속 깊숙한 곳에서 무언가 뜨겁고 잔잔한 기운이 흘러넘침을 느낄 때가 있다. 때문에 기분이 맑아지고 밝아지는 느낌이다.

복잡한 생각들을 내려놓고, 무거운 감정들을 비우면서 진정한 휴식을 얻기 때문이 아닐까. 나를 괴롭히던 과거에 대한 끄달림, 미래에 대한 막연한 두려움에서 해방된 느낌. 현재 존재하지 않는 허상에 농락당하느라 겪어왔던 괴로움과 스스로 만들어낸 불안과 공포에서의 자유를 흠뻑 만끽한다.

분주하고 정신없는 현실에서 잠시 나를 분리해놓으니 마음의 평화와 세상의 고요가 언제나 나와 함께하고 있음을 깨닫는다.

늘 바라고, 욕망하고, 갈구하기만 했다. 나는 이미 많은 것을 가진 존재라는 것을 알지 못했다.

하지만 내겐 이미 많은 것이 주어져 있었다. 좋아하는 햇살과 바람, 나무도 늘 함께하고 있었고, 평온함과 고요함도 내 안에 충만해 있었다. 보고 듣고 걸으며 아름다움을 감상하는 능력도 있었다. 이미 내게 존재하는 것만으로도 맘껏 행복을 느끼며 살 수 있는 것을, 왜 매번 부족하다 여기고 더 가지지 못해 안달했을까.

지금 주어진 행복도 누리지 못한 채 언제까지 미래의 행복을 좇으며 살아야 할까? 존재하는 행복보다 소유하지 않은 행복만을 바라본다면 평생 행복하지 못할지도 모른다. 몽상적 행복만을 욕망하다 죽기엔 너무 안타까운 일이다.

더 이상 행복이 다른 곳에 있지 않음을, 저 멀리 있는 것을 구하느라 힘 빼고 용쓰지 않아도 된다는 것을 배워간다.

지금 이대로 충분하고, 완전한 행복이 지금 여기에 있다.

50일차

미운 사람을 위한 기도가 먼저다

"기도하는 사람은 참회와 감사와 원하는 마음이 삼위일체가 되어야 기도의 공덕이 제대로 서게 된다."

30년 이상 수행하신 신도님이 내게 준 책에서 접하게 된 이 한 줄의 문장이 나를 깊은 질문 속으로 빠져들게끔 했다.

내가 하는 기도를 이루기 위해 모든 것을 긍정적으로 바라보고 감사하는 마음을 느껴야 한다는 것과, 진실한 마음으로 무언가를 바라고 구하라는 건 알겠는데… '참회'하라는 대목에서 딱 걸리고 말았다.

왜 제일 먼저, 하필, 참회란 말을 언급했을까. 참회가 그토록 중요한 이유가 뭘까.

머리를 굴려 이런 저런 이유를 생각해보다가 이내 다음 문장이 안내하는 길을 따랐다.

나의 기도에 앞서 내가 원망하는 사람들을 위해 먼저 축복해줘야하는 이유는, 미워하고 원망하는 마음을 지닌 채 하는 기도는 이미 가득 채워진 보따리에 또 무언가가 담기기를 바라는 것과 같기 때문이라고. 이미 오물이 가득찬 시궁창을 보고 치워야지, 치워야지 하는 마음만 가지고 실제로 치우지 않으면 오물은 버려지지 않는 것처럼 미움과 원망을 그대로 두고 아무것도 하지 않으면 저절로 사라지지 않는다 했다. 복을 담아야 내가 원하는 것을 얻을 수 있는데 다른 것들이 자리를 차지하고 있으면 내 복이 담길 공간이 없지 않은가. 그래서 미움과 원망이 깊으면 깊을수록, 내 기도를 제쳐두고서라도 그 사람이 잘되길 바라야 한다고. 그러면 그토록 사라지지 않을 것 같은 미움과 원망이 내 보따리에서 빠져나간다고 책은 내게 알려주었다.

'나는 과연 내 마음에 큰 상처를 준 이들에게 축복하는 마음을 낼 수 있을까?'

목에 가시가 걸린 것처럼 턱 하고 막힌 기분이었다. 선뜻 대답이 나오지 않았다. 그 질문 앞을 서성거리며 한동안 맴돌고 또 맴돌았다.

나를 위한 복을 가득 담기에도 부족한데 나는 미움과 분노를 끌어안고 살았다. 괴로움을 가득 담아놓고 있으면 정작 괴로울 사람은 바로 나인데 상대 때문에 힘들다고, 어떻게 좀 해달라고 울부짖었다. 그래봤자 소용없는 일임을 알지 못한 채 안타까운 실수를 반복하며 살아가는 나 자신을 마주했다.

이제 진정으로 이해되었다. 나를 힘들게 했던 이를 위해 기도하라는 뜻을. 그리고 결심했다. 내가 가진 소원 바구니에 가득 든 미움과 원망이란 오물을 치우겠다고. 깨끗하게 비운 그 자리에 감사와 축복을 채워 넣겠다고….

눈을 감고 두 손을 모아 기도했다.

'행복하십시오. 건강하십시오. 원하는 모든 일들을 성취하시기 바랍니다.'

온 마음을 실어 몇 번씩 되뇌자 눈물이 양 볼을 타고 흘러내렸다. 그 눈물의 의미를 뭐라 한마디로 표현하기 어려웠다. 그 눈물의 맛을 보자면 설움, 야속, 미안, 감사의 맛이 버무려진 달고 짜고 쓴, 심히 복합적인 맛이 아니었을까.

오늘도 또 하나의 가르침을 얻는다. 나를 미워했던 상대를 위해 기도하는 일, 그것이 나를 위해 해야 할 첫 번째 일이라는 것을.

#51일차

생각지 못한 것들에 따라오는 삶의 즐거움

내가 절에서 살게 될지 몰랐고, 매일 절을 하게 될지도 몰랐다. 불교 경전을 읽게 될지는 더더욱 몰랐다. 무슨 말인지 모르겠던 글들이 읽히고, 어느 순간 말씀에 담긴 의미를 더 깊이 있게 이해하고 싶어졌다. 전에는 그냥 넘겼던 불교 용어들도 관심이 가서 한 번 더 찾아보게 되고, 알게 되니 조금씩 흥미가 더 생겨나고 있다.

내가 이런 것들에 관심을 가질 줄이야.

살면서 예견되지 않은 길에 들어서거나 예상치 못한 방향으로 흘러가다가 진짜 나를 위한 길을 만나게 되는 경우가 있다.

생각지 못한 것들에 재미를 느끼고 자극받고, 호기심이 생기기도 한다.

잘 알기 때문에 오는 재미보다 생각지 못한 것들이 주는 즐거움 때문에 그래도 살 만하다. 일상이 다반사라지만 이따금씩 예상치 못한 것들과 조우하면서 삶이 지루하지만은 않다. 그래서 인생이 더 흥미로운 것 아니겠는가.

52일차

괴로움이 또 다른 괴로움을 찾아

'아….'

눈을 뜨자마자 가장 먼저 느낀 감각은 오른쪽 다리의 통증이었다. 오금의 힘줄이 끊어지는 듯이 저릿저릿하고 팽팽했다. 무언가가 몹시 단단하게 다리를 압박하는 것 같았다. 그래도 새벽 예불에 참여하고자 법당에 내려갔다. 절을 하고 나면 좀 나아질까 기대했건만 통증은 그대로였다. 늘 맛있게 먹던 아침 공양도 무슨 맛인지 모를 정도로 입맛이 없었다.

가만히 있기에는 통증들이 거북하게 느껴져서 넓은 법당을 천천히 거닐었다. 법당을 몇 바퀴째 돌았는지 모르겠다. 한 자리에서서 스트레칭도 해봤다. 무릎을 굽혔다 폈다, 다리를 벌렸다 오므렸다… 한쪽 다리로 서서 다른 쪽 다리를 하염없이 털기도 해보고, 한쪽 구석에 앉아 다리를 손으로 주무르고 문지르고 주먹으로 두들겨도 봤지만 아픔은 쉽사리 가시지 않았다.

오후에 바른 자세로 앉아 경전을 펴서 읽는데 허리는 또 왜 이리 불편한 건지…. 경전을 읽은 지 얼마 되지도 않았는데 허리까지 말썽이라는 생각에 슬슬 짜증이 올라왔다.

'왜 이렇게 나를 괴롭히니? 왜 나를 못살게 구는 거냐고!'

몸을 돌보지 않은 사람이 누군데, 누가 누구한테 화를 내는 건지…. 온종일 몸의 통증에 놀아나는 내 모습이 서글프면서도 씁쓸했다. 한편으론 이런 내가 얼마나 우습던지.

처음 절에 들어왔을 때가 떠올랐다. 그때도 몸이 많이 아프고 좋지 않았다. 하지만 몸보다 마음이 더 많이 아팠다. 마음의 고통이 육체적 고통보다 월등히 심했기에 몸의 고통 따위 신경 쓸 겨를이 없었다. 몸이 보내오는 신호들이 큰 장애가 되지 않았다. 오히려 그럴수록 몸을 더 부지런히 움직여 절을 하고, 한 자세로 앉아 소리 내어 경전 읽기에 몰입했다. 나를 미치게 하는 생각들을 잊으려고 몸을 더욱 썼고 매달렸다. 그렇게 하다 보니 활화산처럼 타오르던 내면의 감정들이 차츰 불길을 멈추었다.

그러한 감정들이 사그라들고 마음에 어느 정도 평온이 찾아오니 이젠 몸을 갖고 난리다. 몸의 통증을 가지고 더 민감하게 굴고

예민하게 반응한다.

지금 더 나빠진 게 아니었다. 그때도 분명히 아팠는데 마음의 고통 때문에 육체적 고통은 안중에도 없다가 마음의 고통이 사라지니 또 다른 고(苦)에 마음이 쏠리고 있는 것이다.

한 가지 괴로움이 나으니 또 다른 괴로움을 찾아 나선다. 괴로움을 원치 않는다고 하면서도 늘 괴로움을 데리고 살던 버릇이 나온다. 마치 어릴 적부터 안고 자던 곰인형이 있어야 편안하게 잠드는 것처럼 괴로움이란 녀석도 나도 모르게 내 삶에 스며든 습관적 친구가 된 걸까.

그래서 깨어 있는 연습이 필요한 것이다. 이러한 옳지 못한 마음의 습관을 떼어내기 위해서. 괜한 것에 시비하고 사로잡히지 않기 위해서.

53일차

걸림 없이, 거침없이 날아올라

절에 들어오기 전부터 내 몸은 고장 난 로봇과도 같았다. 쑤시고 결리는 데가 한두 군데가 아니었다. 두통과 어지럼증은 내 동반자였다. 늘 무겁고 찌뿌둥했다. 오랜 시간 몸이 보내오는 신호에 응답하지 않다가 절에 와서 안 하던 좌식 생활을 하니, 증상들은 더욱 심해졌다.

이러한 내 몸을 풀어주기 위해 한 보살님이 나섰다.

"아침마다 저와 함께 합시다. 따라 해보세요. 눈을 감고 정수리에 정신을 집중하세요. 의식은 늘 그곳에 두고 몸이 원하는 대로, 흐르는 대로 자유롭게 움직여보세요."

보살님을 따라 손끝부터 천천히 움직였다. 이는 팔의 움직임으로, 발끝의 움직임으로 이어졌다. 자유롭게 천천히!

어떻게 움직여야지 하는 계획이나 계산된 동작은 없었다. 말 그대로 온전히 내 몸에 맡겼다.

넓고 넓은 우주를 자유롭게 유영하고 있다고 상상했다. 하늘 높이 올라 어느 것 하나 걸림이 없이 마음껏 날아오른다고 생각했다. 나는 무한한 우주 속을 유유히 흐르고 있었다. 한 마리의 나비가 된 듯 가벼운 몸짓으로 온 세상을 만끽하고 있었다. 마음 깊숙한 곳에서 기쁨이 차올랐다. 한없이 자유롭게 편안함을 느끼는 내가 존재할 뿐이었다.

"자, 이제 서서히 동작을 멈추어봅니다. 모든 생명들이 건강하고 행복하기를 기원하며 마치겠습니다."

온몸이 가볍고 상쾌했다. 움직임을 통해 어두운 에너지를 흘려보내고 그 자리에 밝은 에너지를 받아들인 것일까. 시원하고 후련하면서도 즐거운 기분이 가득했다. 순환되지 않았던 것들을 뚫어줌으로써 내 안에 억눌려 있던 탁한 기운들이 빠져나간 듯하다. 몸의 긴장을 내려놓음으로써 평화가 내 안에 스며들었다.

54일차

매일 입는 은혜

"잠깐 이리로 와보세요."

오전 9시쯤 60대 중반의 보살님이 나지막한 목소리로 나를 불렀다. 얼른 오라는 작은 손짓을 남기고서 아무도 없는 공양간으로 올라갔다. '무슨 할 말이 있으신가? 내가 혹시 어떤 실수라도 했나?!' 싶은 생각에 빠르게 머리를 굴렸으나 딱히 기억나는 것이 없기에 더 긴장되었다.

올라가자마자 마주한 풍경은 나를 더 당혹스럽게 만들었다. 바닥에는 폭신한 이불과 패드가 사람을 맞이할 준비가 되어 있었고 옆에는 작은 부항 도구들이 대기하고 있었다.

"여기 엎드려보세요."

"네?"

대뜸 누워보라는 말씀에 무슨 영문인지 몰라 어리벙벙하기만 했고, 어머니뻘 되는 보살님 앞에 눕는다는 것도 겸연스러웠다.

어떻게 해야 할지 몰라 머뭇거리는 내게 보살님은 눈썹을 두어 번 들어 올리며 어서 누울 것을 재촉했다. 보살님의 뜻을 알아챈 이상 염치 불고하고 자리에 누웠다.

"아파하는 모습이 여간 안쓰러운 게 아니어서 말이죠. 집에서 내가 자주 이용하던 건데 부항을 하고 나면 혈액 순환에 도움이 되고 근육통이 좀 나아질까 해서 가져왔어요. 놔두고 갈 테니까 혼자 있을 때나 자기 전에 해줘요."

통증으로 힘들어하는 내 모습이 애처로웠다고 했다. 내 허리와 허벅지, 오금에 부항기를 붙이고, 그것도 모자라 마사지 롤러로 어깨와 등을 만져주었다. 한 10여 분이 지나 부항기를 제거한 그 자리에 마사지까지 해주셨다.

"보살님, 정말 감사해요. 보살님 덕분에 몸이 개운해졌어요. 이제 제가 해드릴게요."

"나는 아픈 곳 없으니 괜찮아요. 민정 씨야말로 수시로 하면서 얼른 회복되면 좋겠어요!"

참, 이게 무슨 호사란 말인가!

밖에서도 누리기 힘든 큰 은혜를 절에 와서 받고 있다. 내가 딱히 베푼 것도 없는데, 내게 어떠한 것도 바라지 않고 내 존재에 관심과 애정을 보내는 이들을 만났다. 따스한 친절에 코끝이 시큰해지고 시야가 흐릿해졌다.

사람에게 기대를 품는 건 어리석은 일이라 여기고 인간에 대한 일종의 허무감을 가질 뻔했던 내게, 절에서 만난 사람들은 인간에 대한 희망과 감사를 꺾지 않을 희망을 주었다.

하루하루 많은 은혜를 입고 산다. 나 또한 내가 받은 것 그 이상으로 다른 이들에게 나눠주겠다 결심해본다. 나의 작은 친절이 다른 누군가에게 인간에 대한 사랑을, 인간에 대한 희망을, 세상을 따스하게 바라볼 수 있는 멋진 안경을 선물할지도 모르니까!

56일차

내가 웃지 못했던 이유

“나이만큼 활짝 웃으세요. 하루에 얼마나 웃는지 매일 기록해 보십시오.”

오늘 아침 스님이 주신 지침이었다. 왜 웃음을 기록해야 하는지 그 이유를 직접적으로 말씀하진 않으셨지만 마음 공부의 한 방법이라고 짐작되었다. 그 말씀 한마디에 많은 생각이 오갔다.

‘예전에는 잘 웃는다는 소리를 참 많이 들었는데….’

잘 웃어서 좋고, 웃는 모습이 예쁘다는 소리를 듣곤 했다. 그런데 내 얼굴에 언제부턴가 웃음기가 말라갔다.

그래도 업무 상 상대해야 하는 사람들에게는 비교적 밝은 웃음을 띨 수 있었다. 책임과 의무가 있다고 생각했으니까. 하지만 어렵거나 불편한 마음이 드는 상황 혹은 상대를 마주하면 좀처럼 웃지 못했다. 사회생활에서 웃지 못함, 아니 '웃지 않음'으로써 오는 손해를 감수하고서라도 싫은 사람 앞에서 웃는 게 그토록 싫었다고나 할까. 거짓 웃음을 지으면 마치 불편하고 맞지 않는 갑갑한 가면을 억지로 쓰는 것처럼 느껴졌다.

수행을 하고 내면을 살피면서 그 이유가 무척이나 궁금해졌다. 남들은 잘하는데 나는 왜, 웃는 게 유독 그리 힘든 걸까? 도대체 왜? 무엇 때문에?

정말 알고 싶었다. 이번에야말로 깊이 파고들고 싶었다. 그 이유를 알 때까지….

아침부터 줄곧 이 생각을 화두로 붙잡고 있었다.

절을 하다가 마침내 탄성이 터져 나왔다.

'바로 그거였구나!'

내가 웃지 못했던 건 내 마음이 현재에 있지 못하고 과거의 일이나 사건에 대한 감정에 잡혀 있기 때문이었다. 상대의 말이나 행동이 나의 감정을 상하게 하거나 불편하게 했다 하더라도 이미 지나가고 없다는 걸 자각하지 못하고 계속 붙잡고 있었기 때문이었다.

아무런 문제가 없고, 문제가 될 수 없는, 평온함만이 존재하는 '이 순간'에 머물고 있다면 웃지 못할 이유가 전혀 없었다. 모든 게 지금, 여기 있지 못했기 때문이었다.

처음부터 끝까지 '지금, 여기, 현재에 깨어 있기'가 전부였다.

내면을 들여다보자 오랫동안 나를 시름하게 했던, 오랫동안 가지고 있던 해묵은 숙제가 단박에 풀렸다.

역시 모든 답은 내 안에 있다.

57일차

몸은 치장하면서 왜 마음은 돌보지 않나요?

TV나 SNS 등이 전하는 메시지는 강렬하다. 세련된 옷과 멋진 몸매를 뽐내는 사람들은 우리를 자극한다. 나 또한 그렇게 되어야 한다고, 나도 그렇게 되고 싶다고 욕망하게 만든다.

많은 사람들이 몸을 위해 헬스장에 가서 운동도 하고 몸에 좋다는 영양제며 건강식품을 챙겨먹는다. 그리고 더 근사한 나를 보여주기 위해 멋진 옷을 입고 예쁘게 치장도 한다. 지금껏 몸에 투자한 돈과 알게 모르게 새어나간 시간과 비용을 계산해본다면 어마어마할 것이다.

그에 반해 내 마음의 건강을 지키기 위한 노력은 얼마나 하고 있을까? 겉모습을 가꾸고 관심을 가지는 것만큼의 시간과 노력을 마음에 들인다면 지금만큼 많이 아파하고 괴로워할까? 지금만큼 내 삶이 버겁고 힘겨울까?

TV와 SNS를 끊고 내 마음에 집중하니, 이제는 알겠다. 정작 행복과 직결되는 '마음 돌봄'에 무관심했다는 사실을. 어느 때보다 풍족한 시대에 산다고 하는데 행복은 빈곤하기 짝이 없었다. 마음은 풍요롭기는커녕 오히려 더 시들어가고 황폐해졌다.

아무리 몸을 빛나게 하고 반짝이는 것으로 꾸민다 하더라도 그건 진짜 내가 아니니까. 껍데기에 불과할 뿐이니까.

지금의 내 마음이 '나'를 말해줄 뿐이다.

몸을 아끼고 돌보는 만큼 내 마음도 아껴주리라 결심해본다.

겉을 꾸미기보다 속을 돌보는 것, 눈에 보이는 것보다 눈에 보이지 않는 것을 잘 지켜나가는 지혜가 절실히 필요하다.

58일차

발걸음의 철학

살면서 내딛는 걸음걸음을 온전히 느껴본 적이 있을까? '걸음' 자체가 목적이 된 경우 말이다. 출근할 때, 약속된 모임에 갈 때, 여행 중에도 걷고 또 걷는다. 심지어 집 밖을 나가지 않는다 하더라도 걸음을 떼지 않는 날이 없다. 하루 몇 걸음을 내딛는가의 차이만 있지 하다못해 물 한 잔을 마시거나 화장실에 가기 위해서라도 매일 걸음을 옮긴다. 목적지가 어디든, 그곳에 다다르기 위해, 끊임없이….

그럼에도 불구하고 내가 딛는 걸음 자체에 주의를 둔 적이 거의 없을 것이다. 나도 그랬다. 걷기 명상을 하기 전까지는.

'걷기 명상? 그건 또 뭘까?'

처음 해보는 수행법에 호기심을 가지고 진행하시는 법사님의 말씀에 귀를 기울였다.

"단전 아래 두 손을 모으세요. 시선은 2미터 정도 앞에 고정해 두는 것이 좋습니다. 시선을 그곳에 두는 것은 다른 데 마음이 가지 않도록 하기 위함입니다. 한 발씩 옮기며 발이 땅에 닿는 느낌을 느껴보세요. 마음이 편안한 속도로 빠르거나 느리지 않도록 움직여보세요. 오로지 내딛는 걸음에만 의식을 두고 걷습니다."

천천히 내딛는 걸음 하나하나의 감각에 집중해본다. 발가락, 발등, 발꿈치까지 몸 구석구석을 느껴본다. 내 발의 세포 하나하나를 깨우는 느낌이랄까. 옮기는 발걸음에 내가 살아 있음을 자각하는 순간이다.

한 발, 한 발, 한 발….

걸음에 마음이 머무는 사이 가슴은 평화로워지고 굳게 닫혀 있던 입가엔 평온한 미소가 올라온다.

그동안 살면서 내가 하고 있는 행동에만 온전히 마음을 두는 시간은 얼마나 되었을까? 하루 중에도 기껏해야 몇 시간일 뿐, 온종일 마음과 행동이 따로 놀고 있는 시간들이 허다했다. 밥을 먹으며 핸드폰을 보고, 책을 읽으며 음악을 듣고, 길을 걸으면서도 한참 지나온, 혹은 아직 오지 않은 시간 속을 유영하곤 했다. 지나간 누군가의 말 한마디에 붙들려 화를 일으키고, 며칠 뒤 벌어질 일에 대한 걱정의 무게를 짊어지고 있었다.

발걸음을 옮길 때는 걸음에만, 밥을 먹을 때는 먹는 것에만 집중하며 지금 내가 하는 행위에만 마음을 데려다 놓으면 될 것을, 복잡한 생각과 망상 속에 괴로워하며 지금의 순간을 허비했다. 그러한 순간들이 모이고 모여 아까운 생을 대부분 허비하고 있는지도 모른 채….

'지금, 여기'에 깨어 있을 수 있다면 지금처럼 삶이 괴롭지도, 아프지도 않을 텐데… 삶이 주는 기쁨과 행복을 제대로 즐길 수 있을 텐데….

걱정과 불안, 분노와 두려움에서 벗어나는 법이 멀리 있는 것이 아니었다. 어려운 것도 아니었다. 무심코 행하는 호흡 하나, 걸음 하나로 가능하다는 걸 배운 시간이다.

내가 딛는 걸음이 내게 말을 건넨다. 발걸음의 철학이 되어.

60일차

'허용'의 의미

한때 상상하면 이루어진다는 법칙이 붐을 이룰 때가 있었다. 소위 시크릿, 끌어당김의 법칙이 큰 유행처럼 번졌었다. 이루어졌다고 생각하고 마음을 내려놓아라, 내가 꿈꾸는 것들이 이루어졌다고 상상하고 내게 오는 것을 허용하라는 것. 순진한 나도 한참을 상상에 몰두하곤 했다.

정말 원하던 첫사랑과의 결혼을 바랐는데 이루어지지 않았다. 중요한 시험을 앞두고 간절히 바랐지만 그 또한 이루어지지 않았다. 정말 열심히 상상해봤지만 원하는 것을 현실로 이루어지는 경우는 많지 않았다. 그런데 이루어지지 않은 이유에 대해서도 이미 설명이 있다. 그것에 집착을 해서란다. 오히려 힘을 빼고 마음을 내려놓고 허용하라고 하는데 도대체 뭘 어떻게 허용하라는 건지 잘 이해가 되지 않았다.

그런데 이제 그 말의 의미가 조금씩 이해되기 시작했다.

원하되, 집착하지 않는 마음이라는 것을.

원하는 마음은 가지되 자연스럽게 기다려야 한다는 것.

설령 늦어지거나 이루어지지 않는다 하더라도 그것에 대해 실망하거나 낙심하지 않고 차분히 기다리는 여유를 가져야 한다는 것을.

더 이상 이루어지지 않을까 전전긍긍한다거나 집착하지 않는 마음을 배웠다. 바라는 것이 이루어지면 이루어져서 좋고, 바라는 것이 이루어지지 않으면 그것 또한 그대로 좋은 것이다. 이루어지지 않음으로써 내가 배우는 것들이 있기 때문이다. 그리고 또 다른 기회와 인연이 다가오기 때문이다. 이루어졌다고 해서 그것이 꼭 좋은 것만은 아니고, 이루어지지 않았다고 해서 이것이 꼭 나쁜 것만은 아니란 걸 알게 되었다.

62일차

부정적 감정의 재미난 발견

고요히 나를 들여다보는 시간이 많아졌다. 그러다 보니 자연스럽게 내가 하는 생각과 현재의 나의 감정을 알아차리게 된다. 그러다가 문득 부정적인 감정에 대한 재미난 발견을 하게 됐다.

누군가가, 혹은 어떤 사건이 떠올랐는데 화가 나거나 억울한 마음이 올라올 때를 보면 항상 생각이 과거에 가 있었다.

과거에 누군가가 했던 말에 아직 사로잡혀 있거나 그때의 상황에 매몰되어, 여전히 그 사람 혹은 그 상황을 떠올리면 화가 올라오고 억울한 마음에 분통을 터트리는 것이었다.

반면, 불안한 감정에 휩싸이거나 두려운 감정이 밀려올 땐 항상 생각이 미래에 가 있었다. 아직 일어나지도 않은 일에 미리 겁을 먹거나 좋지 않은 결말을 만들어 상상의 나래를 펼치는 것이었다.

의식이 지금, 여기, 현재에 머무를 때는 언제나 편안했다. 아무런 문제가 없었다. 내 눈앞에 있는 무언가에 집중할 때는 그 어떤 것도 내 행복을 방해하지 못했다.

생각이 과거로 달아나거나 미래로 저 멀리 앞질러 가 있을 때만이 지금 이 순간의 평화를 단번에 무너뜨리곤 했다.

예외가 없었다. 딱 들어맞았다.

부정적인 감정이 올라올 때 그 감정의 꼬리를 쫓아가봤을 뿐인데 이전에는 전혀 인지하지 못했던 내 감정의 원인과 그 세밀한 차이를 발견했다.

'이거 참 재미있네.'

의식을 현재의 순간에 두는 연습을 하다 보니 생각지 못한 지점을 발견했다. 기분이 좋아, 씩 미소를 지었다.

63일차

모든 것은 변한다

절에 들어오기 전, 강원도 양양의 한 바닷가를 찾았다.

답답하고 괴로운 마음을 씻어내기 위해서였을까, 아니면 파도가 나의 고통을 대신 집어 삼키기라도 해주길 바라서였을까.

무작정 버스터미널로 가서 눈에 보이는 표를 끊었다. 그렇게 나를 잡아 이끈 곳이 강원도 양양이었다.

바다에 도착하자마자 그 앞에 털썩 주저앉았다. 그리고 철썩이는 파도를 넋 놓고 바라봤다.

파도는 때로는 거칠게, 때로는 잔잔하게 출렁이고 있었다.

거센 숨결로 몰아치는 파도도, 부드럽게 일렁이는 파도도 그 어떤 잘못도 없었다.

바다가 어떤 모양을 하든 그것이 바다임에는 틀림이 없었다. 자연스레 출렁이는 파도만을 바라보면서 아무것도 하지 않은 채 몇 시간을 흘려보냈다.

지금 와서 생각해보니 바다에 그토록 끌린 이유를 조금 알 것 같다. 내 고통에 대한 해답이 바다에 있다고 내 마음이 알려줬던 것은 아닐까….

사람과의 관계는 마치 파도와 같아서 언제든지 변할 수 있는 것이었다. 좋았던 것이 나빠질 수 있다. 반대로 나빴던 관계가 좋아질 수도 있다. 그런데 나는 좋았던 때만을 붙잡고 집착하고 있었다. 언제나 문제가 일어날 수 있고 갈등이 생길 수 있는데 그 좋았던 시간에 도취되어 벗어날 줄 몰랐다. 영원한 것이란 없고 언제나 변할 수 있다는 자연스러운 흐름을 받아들이지 못했다.

서로 부딪칠 수 있고 그에 따라 갈등이 일어날 수 있다는 걸 받아들이고 허용할 줄 알아야 하는데 그러한 지혜가 없었다. 늘 좋기만을 바라고, 그것이 깨지면 괴로움에 허덕였다.

그 괴로움 속에 곧 지혜와 배움의 진리가 담겨 있는데 괴로움은 나쁜 것, 일어나면 안 되는 것으로 규정하고 회피하려 하니 오히려 떠나지 않았던 것이다. 외면하니 사라질 수 없었던 것이다.

괴로움 역시 그냥 온 것이 아니라 내게 깨침을 주기 위해, 배움을 주기 위해 찾아온 선물이란 걸 왜 미처 몰랐을까. 유연하게 받아들일 수 있는 슬기가 부족했다.

바다가 나를 부른 이유를 이제야 알아간다.

문제를 안고 있는 그대로는 아무 문제가 없다는 것도….

64일차

삶의 목표가 있어야 하는가?

절 밖으로 나가지 않고 안에서만 지내다 보니 하루하루의 생활이 단순할 수밖에 없다. 절을 하고, 경전을 읽고, 수행하는 것이 전부인 시간. 그 외의 시간이라 하더라도 먹고, 자고, 청소하고, 빨래하는 것이 전부인, 어느 때보다 기본적인 것들에 충실한 삶을 살게 됐다.

복잡한 세상에서 외부로 향하던 눈이 안으로 향하게 되니 차츰 복잡한 생각도 사그라들고 정리가 되고 있다. 내가 나를 바라봐 주고, 나에게 관심과 애정을 쏟고 있으며, 지금의 내 느낌과 감정과 생각을 들어주고 수용해주고 있다. 통장에 잔고가 많은 것도 아닌데, 좋은 직장에 속해 있는 것도 아닌데 어느 때보다 마음이 풍요롭다.

거창한 목표나 계획이 있어야 하는 줄만 알았다. 그게 없으면 나 혼자 뒤처지는 것만 같았다. 무의미한 삶을 사는 것 같았다. 무엇인가 붙잡고 있지 않으면 큰일이라도 나는 줄 알았기에 늘 뭔가를 계획했다.

그런데 지금 여기서 지내다 보니 그게 아니란 걸 알았다.

목표가 꼭 있어야 하는 게 아니었다.

당장 가슴에 품은 목표가 없어도 충분히 행복할 수 있었다.

사회에서 강요하는 속도와 흐름에 동조하지 않아도 되었다. 오히려 거기에서 벗어나 보니 지금 이 순간의 행복이란 걸 완연히 느낄 수 있었고, 기쁨을 내 가슴에 가득히 담을 수 있었다.

누구보다 빠르게, 누구보다 더 높이 성취해야만 큰 행복을 얻게 되는 것이 아니었다.

나는 근사한 꿈이나 이루어야 할 무언가가 있어 이 세상에 온 것이 아니고, 평생 성공과 행복을 좇는 괴로움에 허덕이며 살기 위해 이 세상에 온 것은 더더욱 아니니까 말이다.

삶을 잘 산다는 것, 잘 살아가는 것이란 게 대체 뭘까?

미래의 행복에 저당 잡혀 쉼 없이 뛰어가기보다 지금의 행복을 온전히 느끼며 천천히 걷는 것이 아닐까?

내게 주어진 것에 충분히 감사하고 감동하며 이 순간을 즐기는 것. 이것이 오늘을 잘 살아가는 방법일 거라고 스스로 결론지어 본다.

#65일차

이유 없이 웃기

한참 경전을 읽고 있을 때였다. 뒤에서 어느 누군가의 웃음소리가 들렸다. 한두 번 들리는 소리였다면 그냥 흘려보냈을 텐데 계속해서 웃는 소리가 들려왔다.

뒤를 돌아보니 나이가 지긋하신 보살님의 웃음소리였다.

'어떤 재미난 일이 생각나셨나 보네.'라고 여기고서 경전을 읽어나갔다.

그런데 몇 분이 지나도 보살님의 웃음소리가 끊이지 않는 것이었다. 안 그래도 경전 읽기가 따분하게 다가오려던 참에 핑곗거리도 생겼겠다, 잠깐 쉬어가자 싶어 보살님께 다가가 슬쩍 질문을 던졌다.

"뭐 재미난 일이라도 있으세요?"

"없어."

도대체 무슨 일일까 호기심 어린 눈빛을 반짝였지만, 내게 돌아온 것은 기대와는 달리 다소 싱거운 짧은 답변뿐이었다. 어리둥절한 내 표정을 보고 눈치를 채셨는지 보살님은 천천히 입을 열었다.

"어떤 생각을 하고 웃는 게 아니야."

"네? 그럼 어떻게 그렇게 웃음이 날까요?"

"그냥 웃는 거야, 그냥. 좋은 일이 있어서도 아니고 재미난 일이 있어서도 아냐. 스님이 나이만큼 웃으라고 하셨는데 그게 쉽지 않더라고. 웃으면서 살기엔 삶이 너무 팍팍하잖아. 그래서 나이만큼 웃지는 못해도 할 수 있는 만큼은 웃어야겠다 싶었어.

그래서 그냥 웃었어. 혼자 방 안에서 큰소리 내어 웃기도 하고, 막춤도 춰가면서 일부러 웃는 거야. 그렇지 않으면 지금 내 나이에 뭐 그리 웃을 일이 많겠어?"

그렇게 말을 마치시고선 또 다시 웃기 시작하셨다. 그런 보살님을 보자 나까지 웃음이 났다. 보살님과 눈만 마주쳐도 웃음이 나왔고, 미친 듯이 웃어대는 서로의 모습에 또 웃음이 터졌다. 흡사 누가 보면 웃음 치료 레크리에이션이 진행되는 것으로 알지 않았을까.

"보살님 덕분에 속 시원히 웃어봤어요. 저에게 웃음복을 선물해주셔서 감사합니다."

인사말을 전하기까지 30여분 동안 눈물이 나올 만큼 참 많이도 웃었다.

나는 웃으려고 할 때 '웃을 거리'를 찾아야 했다. 즐거웠던 순간을 떠올리고, 행복했던 추억을 돌아보고, 하다못해 예쁜 풍경사진이라도 보거나 천사 같은 예쁜 아기의 모습을 상상했다. 어쨌거나 웃을 이유를 만들어 웃으려고만 했다. 그런데 이보다 더 쉬운 방법이 있었다. 그냥 웃으면 되는 거였다. 노력할 것도 없이 '그냥 웃어대는 것'만으로도 오래도록 즐겁고 유쾌할 수 있음을 경험했다.

보살님의 실없어 보이는 이 단순한 행동이 내게 이렇게 큰 행복으로 다가왔다. 나도 좋고 상대도 좋은, 이렇게 쉬운 행복 전도법이 또 있을까.

66일차

당신은 나의 거울입니다

수년간 같은 시간에 수행을 해온 보살님이 있다. 매일 오후 5시면 절에 와서 저녁 7시까지 2시간 동안 수행을 하는데 바른 자세로 앉아 경전을 읊기도 하고, 삼백 배를 올리기도 한다. 하루도 빠짐없이 이와 같은 일을 매일같이 반복한다.

그 보살님께 나는 질문을 드렸다.

"보살님은 왜 수행을 하게 되셨어요?"

나의 호기심 어린 질문을 듣고서 보살님은 옅은 미소와 함께 다음과 같은 말씀을 내뱉었다.

"도무지 사람들이 이해되지 않았어요."

살면서 주위의 모든 사람들을 이해할 수 없었다고 한다. 수십

년을 함께 살아도 속을 알 수 없는 남편, 내 마음처럼 움직여주지 않는 자식, 제멋대로 화내고 소리 지르는 상사와 손발이 맞지 않는 후배들 때문에 어디에도 마음 편히 쉴 곳 한켠이 없는 것 같았다고…. 자신은 그들과는 다른 세상 사람인 것처럼 느껴지기도 했다고 했다.

평생 해결할 수 없을 것 같은 이 갑갑함을 가슴속에 품고 살아갈 수밖에 없는가 하는 절망감을 안고 살아가던 어느 날, 지푸라기라도 잡는 심정으로 동생을 따라 절에 오게 되었다고.

뭔지는 잘 모르겠지만 시키는 대로 절을 하고, 스님의 법문을 듣고, 수행을 하며 어지러웠던 마음을 잠시나마 잊을 수 있었다고 했다. 물론 그것도 그때뿐이었지만 그래도 그 순간만큼은 괴롭고 복잡한 마음에서 벗어날 수 있어 자기도 모르는 사이 발길이 절로 향했다고 한다. 그것이 하루가 되고 이틀이 되고 한 달이 지나 해를 넘기고, 어느새 10년이 훌쩍 넘었다고. 그렇게 일과의 마무리를 절에서 하게 된 것이다.

"수행을 하면 뭐가 좋은지 알아요? 삶의 곳곳에서 나의 모습을 발견하게 됩니다. 영화 속 주인공을 통해서도, 일상에서 만나는 인연을 통해서도…. 그들에게서 나를 발견하곤 해요."

그전에는 그렇게 이해되지 않던 그들의 모습에서 자신의 모습을 보았다고 한다. 그토록 싫어했던 상대방의 모습들이 사실 내 안에 있는 모습이었다는 걸 발견했다고. 때로는 추악하고 한심해 보이고 못난 그들의 행동에 내가 화나고 언짢은 건, 나 또한 내 안에 그러한 모습들을 갖고 있기 때문이란 걸 알게 되었다는 고백을 했다.

내 안에 들어 있지 않으면 상대방에게도 보이지 않을 테니까….

그러한 사실을 깨닫게 되자 이해할 수 없는 세상이나 사람은 애초에 존재하지 않았다는 것, 나의 분별로 만들어낸 허상이 이해할 수 없는 무언가를 지어내고 만들 뿐이라는 걸 알았다고 한다. 내 앞에 나타난 현실과 사람들은 바로 나를 비추는 거울이자 내가 보듬어야 할 내 모습이었던 것이다.

이 이야기를 듣자, 나를 힘들게 했던 많은 사람들이 머릿속을 스쳐 지나갔다. 그리고 생각이 많아졌다.

내 앞에 나타난 사람들이 사실은 내 모습이었던 거라면, 나는 지금껏 어떤 모습을 하고 살아왔던 걸까. 지금껏 무엇을 원망하며 살았던 걸까.

67일차

나만의 진정한 목표

며칠간 머릿속에서 삶의 목표라는 주제가 떠나지 않았다.

얼마 전엔 살아가는 데 있어 꼭 목표가 없어도 된다고 생각했지만, 목표가 없이 대강 사는 것과 지금 이대로 행복할 수 있는 것은 의미가 다르지 않을까.

뒤돌아보면 삶을 살아가는 데 있어 추구하는 목표나 꿈이 있다는 것은, 그것이 가져다주는 성취와 성공은 차치하더라도 그 자체가 설레고 감사한 일이었다. 내가 집중할 수 있는 무언가는 평범할 수 있는 삶에 활력을 불어넣어 주니까. 목표 덕분에 내가 생각한 것 이상의 나를 발견한 경우도 많았고, 스스로 설정한 한계를 월등히 뛰어넘은 소중한 경험도 했다. 목표를 향해 가는 도중에 수많은 시련과 장애물을 통해 한층 더 성장하거나 생각지도 못한 기회를 잡게 되는 경우도 많았다.

다만, 마음에 걸렸던 건….

그 목표가 정말 내가 원하는 것이 맞는지를 나 자신에게 물어봤을까? 하는 것이었다.

나는 어떠한 목표를 세우면 그것을 이루기 위해 누구보다도 치열하게 노력해왔다. 추구하는 목표가 클수록 많은 노력과 시간을 필요로 하고 때론 고통과 희생을 감수해야 한다. 나중에라도 후회가 없으려면 그 목표가 진정 내게 가치가 있는지, 내가 원하는 것인지 깊게 생각했어야 하는데, 그 과정을 소홀히 한 건 아니었을까.

20대에 서울에서의 삶을 동경했었다. 내 꿈을 펼치기 위해 더 많은 기회와 자원을 갖춘 서울에서 내 꿈을 펼치고 나를 성장시키고 싶었다. 하지만 여러 가지 현실적인 이유로 자연스레 접게 되었다. 그렇게 서울은 나에게 동경의 도시였다.

그러다가 같은 꿈과 목표를 가진 사람들을 만나 서울행을 실현했다. 그 과정에서 많은 비용과 변화들을 감수해야 했지만 서울에 올라왔을 때 내가 진정 원하는 것을 이루었다고 생각했다. 그리고 화려한 도시의 불빛만큼이나 나의 능력을 빛낼 수 있는 기회를 만난 것을 큰 기쁨으로 여겼다.

하지만 어느 곳보다도 치열하게, 쉴 틈 없이 바쁘게 돌아가는 서울에서의 삶은 진정 내가 원하는 것이 아니었다. 공통된 꿈을 갖고 하나로 뭉친 소중한 사람들과, 그토록 이루길 원하던 꿈을 사이에 두고도 관계가 틀어져버린 순간 그 꿈은 더 이상 내게 행복도, 기쁨도 되지 못했다. 서울은 내게 어느 한 곳 마음 둘 데 없는, 삭막하고 쓸쓸한 방랑자의 도시처럼 여겨졌다. 막상 살아보니 나의 꿈과 목표를 이루기 위해 서울에 꼭 머물러야 하는 것도 아니었다.

어쩌면 난 크고 화려한 도시에 살며 성공을 향해 달려가는, 겉으로 보기에 멋져 보이는 커리어우먼의 삶을 동경했는지도 모른다. 그러나 정작 아껴야 할 나 자신을 돌보는 데는 몹시 소홀했고, 소중한 이들과의 관계마저 지켜내지 못한 팍팍한 삶을 살고 있을 뿐이었다.

가만히 생각해보면 나는 산책하고 사색하며 나의 흐름대로, 나의 속도에 맞춘 느린 삶을 더욱 좋아했는데…. 그 속에서 오히려 창의적인 생각과 새로운 아이디어들을 만났고, 목표를 이뤄나갈

동력을 얻었는데….

앞으로는 내게 물어보기로 결심한다. 이게 내가 진정으로 원하는 것이 맞는지. 그런 다음, 나 스스로 납득할 만한 대답이 나왔을 때 비로소 그 길을 걸어가기로 결심해본다. 그래야 성취하고 나서도 후회나 허탈감이 없을 테니까.

그리고 지금 내 인생 전체를 관통하는 진정한 목표, 그 무엇보다 중요한 건 오늘을 살아가는 것, 지금 이 순간을 충실히 보내는 것이다. 이것 말고 무엇이 더 필요하겠는가.

68일차

꿈 Ⅲ

어디론가 가고 있는 기차에 몸을 싣고 있었다. 어떠한 중요한 행사에 참석하기 위한 여정이었다.

그런데 그 옆자리엔 함께 일을 하던 동료가 앉아 있었다.

왜 우리가 같은 기차를 타고 가는 중인지, 어떻게 옆자리에 앉아서 가고 있는지는 알 수 없었다.

….

기차를 타고 도착한 목적지에서, 나는 누군가와 함께 걷고 있었다.

천천히 서로의 보폭에 발을 맞추며, 느릿한 걸음으로.

나지막한 언덕길을 함께 내려오는 중이었다. 많은 말을 나누진 않았다. 하지만 그 숨김말들을 서로가 이해하고 있는 것 같았다.

그는 꿈과 비전을 함께하던 회사의 대표님, 즉 나의 상사였다.

왜 이런 꿈을 꾼 것일까. 이 꿈의 의미는 뭘까?

참으로 의아했다. 한참을 멍하니 누워 생각에 잠겨 있었다. 그들이 꿈속에 나타난 이유를 알 수 없었지만, 의아함보다 다행이라는 안도감이 진하게 내 마음을 감싸 안았다.

그들이 나타난 세 번의 꿈이 필름처럼 머릿속을 지나갔다.

처음 꾸었던 꿈만 하더라도 억울함과 분노, 배신감에 고래고래 소리를 질렀다.

두 번째 꿈속에서 만났을 때는 서먹하고 불편한 감정이 그대로 느껴졌다.

그런데 두어 달이 지난 지금, 꿈도 변하고 있었다.

나란히 옆자리에 앉을 수 있고, 함께 발걸음을 맞추며 같은 길을 걸을 수 있었다.

'내가 이젠 그들을 미워하지 않는구나!'

생각만 해도 눈물이 나고 가슴 아팠던 상처가 여물고 있구나, 이제는 차분하게 그들을 대면할 정도로.

내면의 상처가 아물고 있나 보다. 보이지 않지만 마음의 상흔이 치유되고 있나 보다.

내 마음 따라 꿈이 변하고 있다.

69일차

침묵,
나를 살리는 묘약

절에 들어오기 전에는 날마다 같은 날의 연속이었다.

눈 뜨면 전쟁 같은 하루가 시작되었다. 서둘러 씻고 준비해서 집을 나선다. 이미 전철 안에서부터 전투가 시작된다. 사람들 틈을 비집고 어떻게든 내려야 하는 사람들과 이미 꽉 차 있는 전철 속으로 몸을 구겨 넣어야 하는 사람들 사이에 끼여 정신이 없다. 출근으로 이미 미션 하나를 겨우 끝마친 것 같은데 그것이 끝나기가 무섭게 업무와의 전투가 기다리고 있다. 업무는 또 어떠한가? 마무리가 안 되는 업무, 매일 새롭게 주어지는 업무와 사투하며 마지막까지 영혼을 태우고는 또 다시 전철 속에 몸이 끼여 집에 돌아와 쓰러지듯 이불 속에 몸을 누인다.

정신없이 분주한 일상 속에서 그럴수록 몸과 마음의 '쉼'을 챙

켰어야 했는데 매번 후순위로 밀려났다. 그러다가 결국 모든 에너지가 소진돼버렸다.

때로는 그러한 현실과 나를 잠시 분리시킬 시간이 필요했는데 이 중요한 것을 놓치고 있었다. 하루 10분~20분의 명상이면 몸과 마음의 방전을 충분히 막아낼 수 있었는데 소 잃고 외양간 고치는 격이 되어 모든 것을 놓게 되었다.

지금이라도 알게 되었으니 다행이라고 위안 삼는다. 앞으로 살아갈 날들이 훨씬 많은데 이제라도 알게 되었으니 얼마나 감사한지.

명상은 눈과 귀를 닫고 호흡에 집중하는 것. 들어가는 숨과 나가는 숨만을 지켜보고 있으니 어느 순간 그 무엇도 걸림이 없다.

머릿속을 헤집던 생각도 이 순간만큼은 자취를 감추었다.

오로지 침묵, 세상의 고요만이 존재할 뿐이다.

얼마나 흘렀을까. 잠시 후면 다시 주변의 소음들이 나를 깨운다. 머릿속에 생각들이 찾아오기 마련이지만 비움, 침묵의 시간 동안 내면은 가득히 충전된다.

고요를 맛보는 순간만큼 내 안에도 깊은 평화가 찾아든다.

내 마음이 평화롭다면 세상이 아무리 바쁘게 돌아간다 한들 언제나 여유로울 수 있다. 언제나 느긋할 수 있다.

침묵은 방전시킨 나를 살리는 최상의 묘약이자 세상의 고요를 내 안에 가득히 품는 평안의 충전 시간이다.

70일차

나의 고질적인 문제

"자기가 가진 업을 닦지 않으면 어디를 가더라도 그 업이 반복될 겁니다. 살아오면서 늘 반복되었던 문제나 상황에 대해 생각해보세요."

아침에 스님께서 하신 말씀을 듣고 나의 삶을 천천히 돌이켜보았다.

'내게 반복되어 온 고질적 문제는 무엇일까.'

천천히 내 삶을 곱씹어보니, 같은 패턴의 행동을 취하고 비슷한 결과를 받은 흔적이 어렴풋이 손에 잡힐 듯하다.

나는 늘 회피하고 도망치는 길을 걸어왔다. 어떤 제도나 시스템, 상대가 마음에 들지 않으면 그에 대해 적극적으로 표현하고

개선하려고 노력하기보다는 포기하고 물러나는 쪽을 택했다.

대학원에 진학했을 때도 예상했던 것과는 사뭇 다른 교육 과정과 분위기에 계획한 진로를 포기했고, 첫 회사에 입사했을 때도 상사의 비합리적이고 이기적인 행동이 마음에 들지 않아 회사를 그만뒀다. 마침내 꿈꾸던 일을 하게 되고 같은 꿈을 꾸는 사람들을 만났음에도 어려움과 갈등을 잘 해결하지 못하고 끝내 이별을 택했다.

절이 싫으면 중이 떠나라고 했던가. 나는 늘 그런 식이었다. 문제를 해결하려고 하기보다 벗어나는 쪽을 택했다. 제도와 권력에 맞서는 것이 싫었고, 사람과 부딪치는 것이 싫었다. 단념하는 쪽이 내 마음이 편했다. 갈등이 생기고, 문제가 있으면 풀어야 하는데 그러한 것을 마주할 용기가 없었다.

지나온 나의 선택을 하나 둘 돌이켜보니… 나는 비겁한 겁쟁이였다.

문제가 있어서 문제가 아니라 그것을 꺼리고 멀리하는 것이 진짜 문제였는데 말이다. 풀지 못한 문제가 문제로 남아 있기에 반복된 문제를 낳고 있다는 것을 놓치고 있었다.

나를 차분하게 돌아봄으로써 나의 삶을 이해하기 시작했다.

오랫동안 반복된 삶의 연결 고리들을 풀다 보니 복잡하게만 보였던 삶이 조금은 가볍게 느껴진다.

알지 못했을 땐 가득했던 미움과 원망의 감정들, 무거운 마음을 내려놓을 수 있게 됐다.

나의 어리석음과 미숙함을 일깨울 수 있는 성숙의 시간으로 나를 인도해주는 모든 것들에 큰 감사함을 느낀다.

마음이 쉬어갈 수 있는 곳에 나를 두니 나를 제대로 보게 된다. 마음이 청정할 수 있는 곳에 나를 놓으니 바른 생각과 맑은 정신이 깨어난다. 볼 수 없는 것들을 보게 하는 지혜가 열린다.

그래서 내가 지금 여기 있나 보다.

절에 들어오길 천만다행이다.

PART 4.

지금 이대로, 화양연화花樣年華

71일차

나를 알아가고 마음을 들여다보는 것이 중요한 이유

매일 나의 감정과 생각, 느낌을 마주하다 보니 조금씩 깨닫게 되는 게 있다.

지금 이 순간에 머물면 아무것도 걸릴 것이 없다는 것.

이 순간, 내가 살아 숨쉬고 있다는 것.

그리고 나를 괴롭히는 과거도, 불안케 하는 미래도 모두 존재하지 않는 헛된 망상이라는 것.

지금 여기에 존재할 수 있다면 편안한 고요만이 있을 뿐이다. 적막 속에서도 외롭지 않고 충만한 내가 있을 뿐이다.

머릿속이 복잡하고 마음이 혼란스러울 때, 지금의 순간을 기억

하려 한다.

단지 지금 여기, 이 순간만 있을 뿐이라는 것을.

어떤 장애에 부딪힐 때마다 지금 이 순간을 놓지 않아야겠다. 이 순간으로 돌아오는 것을 잊지 않도록 연습해야겠다. 그렇다면 전처럼 쉽게 꺾이거나 쓰러지지 않고 덤덤하게, 소란스럽지 않게 받아 넘길 수 있을 테니까. 어떤 일이 찾아와도 가볍고 편안하게 받아들일 수 있는 지혜와 힘을 쌓는 중이다.

복잡하고 혼란스러운 세상에 갈기갈기 찢기고 다 타버리지 않도록, 덜 괴롭고 덜 아프게 살 수 있는 자기 치유력이 생기고 있다. 억만금을 줘도 살 수 없고 만들 수도 없는 최고의 특효약을 내 안에서 만드는 중이다.

72일차

존재에 대한 주목

24시간 머무르고 있는 이곳에서 난 억지로 무언가를 하지 않아도 된다. 누군가를 의식하여 억지로 나를 끼워 맞출 필요도 없다. 내 마음과 다른 거북하고 부자연스러운 모습을 취하지 않아도 된다. 그냥 내 모습 그대로, 이대로의 나로 지내면 된다.

그런데 그런 내 모습을, 사람들은 그 자체로 온전히 허용했다. 그저 편견 없이 지켜봐주고 순수하게 받아들였다.

"민정 씨가 있어서 절이 더 환해졌어요."

"올 때마다 민정 씨를 보면 내 마음이 편안해져요. 고마워요."

나는 특별히 한 게 없는데 많은 분들께 과분한 칭찬을 들었다.

여기에 와서 그저 받기만 한 것 같은데 그런 내게 고맙다는 말과 함께 따뜻한 미소를 건넸다.

이뿐만이 아니라 내가 추울까 무릎담요도 갖다 주고, 허리와 무릎 통증으로 고생하는 나에게 파스며 마사지기도 챙겨주고, 오랫동안 본인이 기도할 때 사용했던 염주를 선물로 주시는 등 하나라도 더 챙겨주려 했다.

나는 한 게 없는데 어째서 이런 말을 듣는 것일까?

나는 드린 게 없는데 어째서 이런 베품을 받는 것일까?

절에 들어올 때부터 항상 가지고 있던 이 의문이 조금씩 풀리기 시작한다.

이분들은 나의 존재 자체에 주목해주고 있었다.

나를 둘러싼 어떠한 명함과 사회적 위치, 성과를 보고 하는 말들이 아니었다.

내가 어떠한 이익이 되는 사람이어서도 아니었고, 무엇을 잘했기 때문에 주는 보상도 아니었다.

단지 '나'라는 존재를 향한 진심 어린 애정과 애틋한 사랑이었다.

그분들은 내가 특별히 무엇을 하지 않더라도, 인정받기 위해,

사랑받기 위해 애쓰지 않더라도 아름답고 빛나는 사람이란 걸 깨닫게 해줬다. 경쟁에서 이기고, 눈에 띄는 성과를 보여야만 칭찬이나 보상이 주어지는 것이 아니라 본래 우리는 존재만으로 서로를 살릴 수 있는 아름답고 빛나는 존재들임을 알고 있었다.

그분들은 한 사람의 겉모습이나 수식어에 휘둘리지 않고 그 본연의 모습을 바라볼 수 있는 눈을 가지고 있다. 꾸준한 마음 공부 덕이 아니었을까….

나의 '존재' 자체에 주목하자 내 안의 밝음이 피어나기 시작한다. 살아갈 용기와 희망이 솟아오른다. 여기에서 지내면서, 잊고 있었던 소중한 가치를 알아가고 있다.

#73일차

상대에게 던진 화살은 내게 돌아온다

"잘하는 게 없는데!!! 내가 왜 민정 씨를 칭찬해야 하죠?"

내게 불만이 많았던 동료가 화를 내며 술김에 질러버린 그 말.

냉랭한 분위기가 이어지던 나날, 껄끄러운 감정들을 털어버리고 다시 한 번 잘해보자는 의미에서 오랜만에 만든 회식자리였다. 서로가 어떤 말부터 꺼내야 할지 몰라 말을 섞는 대신 잔에 술만 채우고 홀짝홀짝 들이키다 보니 어느새 다들 얼얼하게 취해 있었다. 술기운을 빌려 분위기를 좀 풀어보고자 대표님이 서로에게 칭찬을 건네자는 제안을 했는데 동료가 내게 뱉은 말은 가히 충격이었다.

"…."

순식간에 분위기는 싸해졌다. 칭찬을 제안한 대표님은 어안이 벙벙한 표정으로 나를 쳐다봤고, 그 말을 들은 나는 당혹감에 어찌 해야 할지 몰랐다. 그에게 화를 내야 하는 건지, 이 자리를 벗어나야 하는 건지 그대로 얼어붙은 채 어떠한 말도, 행동도 취할 수 없었다. 어렵게 가진 자리에서 서로의 해묵은 감정을 풀기는 커녕 더 큰 좌절과 상처를 입고야 말았다.

'면전에서 어떻게 저런 말을 할 수가! 잘하는 것도 없고, 칭찬할 게 없을 만큼 내가 그렇게 부족한 사람인가?'

그 일이 지나간 이후에도 나는 몇 번이고 그 말을 곱씹으며 그에 대한 분노와 미움의 감정을 키워갔고 한동안 내 자신을 모질게 괴롭혔다. 그 한마디는 나를 떠나지 않고 내 머릿속에서 반복적으로 재생되어 나를 그 상황으로 계속 몰아넣었다.

그에 대한 이 분노를 어찌 해야 할지 몰랐다. 이걸 밖으로 표출하면 그와 심각한 갈등을 겪을 것 같아 섣불리 그렇게 하지도 못했다. 관계 악화로 인한 불리한 결과들은 모두 내 몫이었을 테니.

그래서 나는 그 분을 삭이고 내 안에 담아두는 것을 택했다. 그

결과는 내 몸과 마음으로 고스란히 돌아왔다. 해소되지 못한 감정이 내 안에서 덩치를 키워 스트레스를 유발했고 육체적 질병으로 나타났다.

결국 상대방이 죄를 짓고 나쁜 행동을 했다 하더라도 그를 미워하고 욕함으로써 아픈 건 그가 아니라 바로 나 자신이었다. 상대를 향해 화, 미움, 복수심을 품는 건 내가 나에게 화살을 날리는 꼴이다. 그런데 불 같은 감정이 일렁일 때는 그 사실을 잊게 된다. 그러면서 내가 나를 아프고 병들게 만든다.

모든 것은 인과응보의 진리를 벗어나지 못한다. 상대의 잘못으로 인한 책임과 결과는 전적으로 상대의 몫이다. 내가 비난하고 응징하겠다고 해서 응징할 수 없다. 내가 품은 부정적인 생각과 말은 그가 아니라 나 자신을 괴롭힐 뿐이다.

내가 나 자신을 괴롭힐 이유가 있을까? 어느 누구도 나를 파괴할 권리도 힘도 없다. 나를 파괴하는 힘은 나에게만 있다.

어렵고 힘든 일이 일어났을 때, 내가 나를 지킬 수 있는 지혜가 필요하다.

74일차

그 누구도 내게 상처 줄 수 없다

여기에서 내가 배운 것 중의 하나. 나를 괴롭히는 다른 이의 말에서 벗어나는 법, 나와 그 말을 분리하는 법이다.

첫째, '그건 당신의 생각일 뿐입니다.'라고 생각하는 것이다. 그가 했던 말은 사실이 아니라 상대의 관점으로 해석한 그만의 주관적인 생각이다. 나 자신의 생각도 통제하지 못하는데 상대방의 생각을 어떻게 통제할 수 있을까? '아, 그렇군요. 당신은 그렇게 생각하시는군요.' 하고 인정하면 그만이다. 상대가 무슨 말을 하고 무슨 생각을 하든지 그의 말을 내가 받아들이지 않으면 되는 거였다. 나에게 내 맘대로 생각할 자유가 있듯이, 상대에게도 제멋대로 생각할 자유가 있다. 그러한 자유를 상대에게 허용하고 내가 그 말에 의미를 부여하지 않으면 그 말은 힘을 발휘하지 못한다. 그 말에 얽매여 고통 받지 않고 조용히 흘려보낼 수 있다.

둘째, '상대가 나를 괴롭히기 위해 그러한 말을 한 것일까?' 하고 질문해보는 것이다. 상대의 말이 내게 가시 돋친 말처럼, 비수 꽂는 말처럼 들렸을지라도 곰곰이 생각해보면 대부분의 경우 '아니'라는 침묵의 소리가 내 안에 깊숙한 곳에서 들려온다. 상대는 나를 괴롭히기 위해 그 말을 한 게 아니다. 단지 자신이 옳다고 생각하는 대로 말을 했을 뿐이다. 아니면 순간적인 화를 못 이기고 무심코 던진 말일 가능성이 크다. 본인은 기억도 하지 못할 정도로 그냥 내뱉어버린 말…. 그래서 나를 아프게 한 말이나 행동이 있다면 그것이 정말 나를 정말 괴롭히고 상처 주기 위해 한 것인가를 살펴봐야 한다. 그러면 오히려 그 반대인 경우가 많다. 화를 삭이고 차분한 마음으로 그 말의 속내를 살펴보면 되레 고마움을 느끼게 되는 경우가 많다. 말의 겉모양보다 그 속뜻을 살펴볼 줄 아는 지혜가 필요하다.

셋째, 화가 나거나 억울하거나 부정적인 감정이 드는 것 자체가 나쁜 것은 아니다. 그러니 부정적인 감정을 느끼는 것 자체를 억누르거나 부정할 필요는 없다. 나의 감정을 이해하고 인정해주는 것이 필요하다. 오히려 억지로 참으면 그 감정들이 점점 커져 내 안에서 독이 되니까. 나의 감정을 통제하고 억제하기보다 '지금 내가 화가 나는구나. 이 말로 상대에 대한 미움이 올라오는구나.' 하고 자각하고 알아차리는 것이다. 그러고 나서 '화가 나는데 화를 낼 것인가? 나도 맞받아칠 것인가?' 하고 판단한 후 선택하는 것이다. 화가 나는 자체는 내가 어찌 할 수 없지만 그에 대한 반응은 내가 선택할 수 있는 거니까.

나도 같이 화를 낸다면 상대는 더 화를 내거나 격렬한 반응을 보일 것이고 상황이 더 악화될 수 있다. 반면에 내가 화를 내는 대신 나의 의사와 의도를 명확히 전달하면서 차분하게 응대하면 상대는 나의 반응에 더 이상 흥분하지 못한다. 그러면 상황을 생각보다 조용하고 깔끔하게 마무리할 수 있게 된다.

그래서 지금 여기, 깨어 있는 연습, 알아차리는 연습을 하는 것이 중요하다.

모든 사건과 감정의 주도권을 내가 가질 수 있으니까.

그 누구도 내게 상처 줄 수 없다.

77일차

미운 당신은 내게 필요한 스승

점심 공양을 마친 후 함께 차를 마시는 중이었다.

법당에서는 각자 수행하느라 침묵이 흐르지만 공양간에서는 조용한 대화들이 비교적 자유롭게 오간다. 오랜만에 뵙게 된 보살님과 반가운 인사와 근황을 나누기도 하고, 수행하면서 혹은 생활하면서 느낀 점을 나누기도 한다.

네댓 명이 모여 차를 마시다가 한 40대 보살님이 입을 뗐다.

"만나면 불편하고 저를 힘들게 하는 사람이 있어요. 그냥 그 사람이 사소하게 던진 말이나 행동이 제게 상처가 돼요. 만나고 싶지 않지만 얼굴을 볼 수밖에 없는데 보면 볼수록 그 사람이 점점 미워져요. 그 사람을 어떻게 대해야 할까요? 저 너무 속상해요."

30년 이상 매일 절에 와서 수행을 하시는 60대 보살님이 입가에 미소를 띠며 나직하고 느린 음성으로 한마디 건넸다.

"그분은 참 고마운 분이네요. 그분께 감사해야겠어요."

'어? 고마운 분이라고? 감사해야 한다고?!'

속으로 아리송한 생각이 일었다. 나를 힘들게 해서 점점 미워지는 사람에게 고마워하라니. 어떻게 그런 마음을 낼 수 있는 걸까? 모두 보살님을 쳐다봤고, 보살님은 말을 이어갔다.

"우리가 절에 다니는 이유가 뭐예요? 괴로움에서 벗어나기 위해서잖아요. 그래서 기도도 하고 수행도 하는 거잖아요. 그런데 아직도 상대를 미워하는 마음에 괴롭다면 내가 아직 공부가 덜 되어 있어서 그런 거예요. 내가 꾸준히 공부할 수 있도록 도와주는 존재인데 어찌 고마워하지 않을 수 있겠어요? 그러니까 다른 누구보다도 감사해야 할 존재죠."

오랫동안 수행을 하며 내공이 쌓인 보살님의 말씀에 우리는 무릎을 쳤다.

나를 괴롭게 만드는 것은 상대가 아니라 내 마음이 일으킨 생각인 것을 자꾸만 망각하게 된다. 내가 원하는 대로 행동하고 답하지 않는다고, 즉 내 마음에 들지 않는다고 상대가 나를 힘들게 한다는 착각에 빠져 상대를 미워하고 원망함으로써 스스로를 괴로움 속에 빠뜨리곤 한다.

물론 어떤 말이나 사건 때문에 기분이 나쁘고, 감정이 상할 수 있다. 허나 그때뿐인 것을, 이미 지나가고 없는 것임을 바로 알아차린다면 괴로워할 이유도 없을 것이다. 그러니 내가 미워하는 그가 사실은 내게 반드시 필요한 존재, 소중한 존재라는 것을 긍정하는 데 이른다면 도리어 그에게 감사할 수 있을 것이다. 이러한 경지까지 이르려면 얼마나 마음을 닦아야 할까….

힘들겠지만, 가져보려고 한다.

미워하는 이에게 감사하는 마음을.

78일차

통증 바라보기

"정말 잘 참네요."

"많이 아플 텐데 어떻게 소리 하나 내지 않아요?"

병원에서 발 치료를 받으면 치료를 하는 의사도, 처치하는 간호사들도 나를 보며 놀라곤 한다. 다른 환자들은 보통 비명을 지르거나 신음소리를 크게 내고 몸을 비틀거나 발버둥을 치기 마련인데 나는 그에 비해 얌전한 모양이다.

예전부터 아픔을 잘 참아내는 편이었다. 둔감해서가 아니라, 식은땀을 흘리고 이를 악물지언정 통증은 일단 견뎌내야 하는 일이라고 여겨서 그런 것 같다. 하지만 겉으로는 참아도 속으로는 온갖 감정의 소용돌이가 일었다. 다가올 통증은 또 얼마나 고통스러울까 상상하며 잔뜩 긴장하고 매번 겁을 먹었다. 아픔이 가시고 나서도 그에 오랫동안 사로잡혀 기분마저 상했다. 짜증을 내고 속상해하며, 제대로 몸을 관리하지 못한 나 자신을 탓하며 나를 괴롭히고 들들 볶았다.

그런데 최근 들어 달라진 것이 있었다.

아플지언정 아픈 통증에 마음을 빼앗기지 않는다. 그 통증을 가만히 지켜보곤 한다. 통증을 지켜본다는 게 무슨 말이냐면, 아픔을 그대로 수용할 줄 알게 되었다는 뜻이다. 아파서 죽겠다고 통증에 사로잡히는 것이 아니라 아픔은 느끼되, 마음은 고요한 상태로 머무르면서 그 통증을 관(觀)한다. 아픔 또한 내가 살아 있기에 느낄 수 있는 감각이니까. 나의 통증마저 포용하려는 마음으로 변화하고 있다.

한때는 기쁨과 행복, 즐거움만이 좋은 것이라 생각하며 그것만 취하고 싶어 했다. 하지만 세상을 살아가는 데 있어 어찌 그런 감정에만 머무를 수 있겠는가? 그것이야말로 헛된 욕심인 것을. 영원한 것은 아무것도 없고, 인생에는 아픔과 슬픔, 시련과 좌절까지 모두 포함되어 있다는 것을 배우게 되었다. 그것을 극복해나가는 과정 또한 삶이라는 것 역시 알게 되었다.

아픔과 슬픔에 대한 감정, 그리고 몸의 통증을 차분하게 지켜보는 힘을 기르고 있다. 부정적 감정과 느낌에 대해서도 관대해질 수 있음을 터득해간다.

그리하여 오늘, 나의 통증에 대해 감사히 여긴다. 이 아픔을 통해서 지금 여기에 깨어 있는 연습, 나의 감각을 들여다보는 연습을 할 수 있으니까.

80일차

따뜻한 겨울 온도, 18도

가을 무렵 절에 들어와 한겨울을 지내고 있다.

처음에는 반팔, 얇은 티셔츠 하나면 충분했는데 어느덧 긴팔 상의, 도톰한 옷으로 몸을 감싸야 하는 계절이 온 것이다.

굳이 밖에 나가지 않아도 차가운 겨울이 왔음을 체감할 수 있는데, 뚝 떨어진 기온 때문에 법당 내에도 찬 기운이 돌기 때문이다. 보일러를 아예 틀지 않는 것은 아니었으나 법회가 있거나 수행 프로그램이 진행될 때를 제외하고는 법당의 온도는 18도를 유지한다. 그래서 기도나 수행을 할 때 여러 겹의 옷을 껴입는 것으로 추위를 달랜다. 그런 우리에게 스님은 말씀하셨다.

"정진하시는 스님들은 매서운 추위 속에서도 그대로의 겨울을 맞이합니다."

절에서는 무엇 하나 낭비하는 법이 없다. 춥다고 해서 히터나 보일러를 세게 틀지 않고, 덥다고 해서 에어컨이나 선풍기를 쉼 없이 돌리지 않는다. 꼭 필요한 만큼 쓰는, 절제된 생활을 기본으로 한다.

그러나 추운 겨울, 새벽에 일어날 때는 참 곤욕스럽다. 잠들기 전 보일러를 서너 시간 살짝 트는 것이 전부다. 외풍이 꽤나 심해서 옷으로 온몸을 꽁꽁 감싸고 목도리와 장갑으로 무장하고 잠을 청한다. 그럼에도 불구하고 아침에는 11~12도로 내려가 있어 차가운 공기 속에서 입김을 내뿜으며 자리에서 일어난다.

처음에는 추위를 감당하는 것이 쉽지 않았다. 절에 들어왔으니 이곳의 규율을 따르는 수밖에 없었지만 마음속에서는 온도를 조금만 더 올렸으면, 조금만 더 따뜻하게 지냈으면 하는 욕심이 올라왔다.

그러나 하루가 지나고 이틀이 지나자 점차 추위에 익숙해지기 시작했다. 입김을 호호 불며 아침 공양을 하고, 손발이 시릴 땐 몸을 비비고 절을 하며 열을 내고, 옷을 여러 겹 껴입어 추위를 이겨내는 것이 자연스러워졌다. 그러면서도 오히려 감기 한 번 걸리지 않았다.

나중에는 18도라는 기온조차 따뜻하게 느껴졌다.

밖에서 생활할 땐 어떠했나? 집에서도, 직장에서도 조금만 추

워도 보일러를 틀고 때론 오히려 덥다고 난리였다. 옷을 벗고 심지어 반팔 차림으로 지내기도 했다. 추우면 옷을 껴입으면 될 일이었는데 실내온도가 여름 한낮의 기온을 넘어가는 일이 허다했다. 그러면서도 감기에 걸리는 일은 더 잦았다.

'아까운 줄 모르고… 참 많이 낭비하고 살았구나.'

아까운 에너지를 낭비하는 줄도 모르고, 아낌없이 틀어댔다. 충분히 절약할 수 있었던 에너지를 무심코 사용하며 살았다.

이 또한 내가 이곳에 오지 않았더라면 생각해보지 않았을 일이다. 낭비하는 것에 대한 아무런 가책 없이 무절제한 삶을 계속 이어가고 있었을 것이다.

이제는 안다. 18도는 참 따뜻한 겨울온도라는 걸, 그 정도면 충분하다는 걸….

81일차

세상의 소리를 닫고 마음의 소리에 귀 기울이다

전화, 인터넷, SNS를 거의 끊고 살았다. 하루에도 수없이 쏟아지는 정보와 세간에 떠도는 이야기들을 멀리하며 지냈다. 제한된 공간에서 단순한 활동만을 허용하다 보니 내 눈앞에 있는 것들에 관심을 두게 된다.

지금 내 안에서 들려오는 마음의 소리에 귀를 기울이게 되고, 눈앞에 펼쳐지는 햇살과 화분에 예쁘게 피어난 꽃, 오늘 만나는 인연에만 신경 쓰고 산다.

그전엔 누군가와 함께하는 자리에서도 무심히 흘려보낸 시간들이 많았다. 내 앞의 인연보다 휴대전화가 먼저였다. 손 안에 든 기계 따위가 뭐라고….

음악을 들을 땐 음악에 취할 줄 알아야 하고 책을 볼 땐 책에

두 눈과 마음이 가 있어야 하는데 노래를 들으며 책을 보고, 밥을 먹으며 인터넷을 했다. 한 순간도 온전히 내 앞의 것에 집중하지 못했다.

이제는 '지금, 여기'에 존재하는 시간들이 많아졌다. 현재에 존재하면 존재할수록 편안함과 행복감을 느끼는 순간들이 늘어났다. 지금 이대로 온전하고 완전할 수 있다는 것을 알게 되었다.

아직까지 행복에 대해 다 안다고 할 수는 없지만 한 가지만은 분명하다. 행복은 애써 무언가를 채워 넣은 능력으로 얻어지는 것이 아니다. 무언가를 많이 성취하고, 부를 얻고, 명예를 얻는 것도 큰 기쁨으로 다가올 수 있지만 이것이 완전한 행복일 순 없었다. 진정한 행복은 외부에서 채워줄 수 있는 것이 아니라 지금 이 순간을 감상하는 능력, 현재를 살아가는 힘에서 나오지 않나 싶다. 지금 내 마음속에 움트고 있는 감정과 느낌을 온전히 알아차리고 그것을 즐길 수 있는 사람이야말로 제대로 된 행복을 누리는 사람이지 않을까.

84일차

여러 가지 신념들이 깨지기 시작하다

내가 하는 '생각'이란 것에 관심을 가지고 지켜보니, 그동안 놓치고 있었던 '생각'이란 녀석의 속성을 알게 되었다. 내가 하는 생각이란 것이 옳고 그른 것이 없는, 단순히 나에 의해 편집되고 해석된, 고정된 실체가 없는 연기 같은 것이란 생각이 들었다.

한때는 내가 하는 생각이 나의 전부라고 생각했다. 나라는 사람을 나타내는 가장 정확한 지표라고 생각했다. 그런데 가만히 보면, 내가 하는 생각들이란 것은 하루에도 수십 번 바뀌고, 시도 때도 없이 생겼다가 사라져간다. 그렇게 변화무쌍한 성격을 지닌 생각이란 것을 어떻게 나라고 할 수 있을까? 시시때때로 바뀌는 그것을 어떻게 믿을 수 있을까? 아침에 하는 생각이 다르고 저녁에 하는 생각이 다른데, 이렇게나 쉽게 바뀌는 생각이 나라는 사람을 정의할 수는 없었다.

또한 내가 진실이라고 믿고 있는 것도 진실이 아닐 수 있고, 옳다고 믿고 있는 것도 옳은 것이라 할 수 없음을 알게 되었다. 오랜 세월 내가 해왔던 생각들이 쌓이고 쌓여 나만의 관념을 만들었으나 그것이 반드시 진실이 아니라 편견과 선입견일 수도 있다.

이러한 것들을 알게 되면서 내가 당연하게 믿어왔고, 의심 없이 받아들였던 신념이나 관념들이 조금씩 깨지기 시작했다.

"아프면 안 돼. 다치면 큰일 나."

"먹지 마. 살찌면 안 돼."

살면서 참 많이 들어왔고, 스스로도 그렇게 믿어왔던 말이다.

누군가의 안위를 걱정하며 관심을 가지면서 아프지 마라, 다치지 마라는 말을 자주 사용했고, 내가 아프거나 다쳤을 때도 몸 관리를 못한 탓이라고 자책할 때가 많았다. 살찌는 것에 대해서 스스로를 자책하기도 하고, 식습관을 쉽게 바꾸지 못하는 나 자신을 못마땅하게 여길 때가 많았다.

그런데 왜 몸이 아프면 안 되는가? 왜 다치면 안 되는가? 생로병사는 자연스러운 이치인데 아파도 안 되고 다쳐도 안 된다는, 순리에 맞지 않는 생각을 하고 살았던 것이다.

그것보단 '아플 수 있어. 다칠 수 있어.'라고 생각하는 것이 오히려 더 자연스럽지 않은가? 그리고 아픔이나 고통이 찾아와도, '아, 내 몸을 더 아끼고 돌보라는 신호구나.' 하고 받아들이면 그만인 것이다.

먹는 것 또한 그랬다. 먹으면 안 되고 살찌면 안 되는 것이 아니었다. 남들 시선 때문에, 사회적 분위기 때문에 자신에게 혹독할 필요가 없는 것이다. 먹어도 된다. 즐겁게 먹자. 다만 편안하게 움직이고 건강을 지키기 위해 부담스럽지 않을 만큼만 먹자고 생각하면 되는 것이다.

이것은 이래야 하고 저것은 저래야 한다는, 나를 억압하고 구속하고 있던 것에서 자유로워지기 시작했다.

생각을 지켜보고 마주함으로써 얻게 되는 지혜다.

85일차

절에서의 크리스마스

매년 찾아오는 그날을 조용히 건너뛰겠거니 싶었다.

절에서만 지내다 보니 겨울을 지나고 있고 연말이 코앞이라고 달력을 통해 확인할 뿐 체감하긴 어려웠다. 바깥 날씨는 얼마나 매서운지, 얼마나 화려한 조명들이 도시를 비추고 있을지, 거리를 가득 메운 크리스마스 트리가 얼마나 반짝이고 있을지를 느끼긴 어려웠으니까. 내가 굳이 챙기지 않아도 때가 되면 세상이 알아서 요란하게 알려주던 크리스마스가 찾아왔다.

올해는 평소와 다르게 여느 보통날로 여기려 했지만 때가 되니 한 생각이 올라왔다.

'지금쯤이면 다들 시끌벅적하게 보내고 있겠구나.'

종교와 관계없이 이날만큼은 누구나 설레고 들뜨니까. 모르긴 몰라도 어디서 뭘 하든 대부분 즐거운 시간을 보내고 있으리라.

서울에 올라오기 전엔 항상 친구들과 이 시간을 함께했다. 평소엔 자주 못 만나더라도 이날만큼은 함께한다는 무언의 약속이 줄곧 지켜져왔다. 그러다 그 약속이 말없이 사라지게 된 건 내가 터전을 서울로 옮겨오면서부터였다.

'작년엔 내가 어떻게 보냈더라?'

그러고 보니 작년 크리스마스엔 직장 동료들과 이 시간을 함께하고 있었다. 가족, 연인, 친구들과 함께할 그 자리, 그 시간 역시 우리는 함께였다. 아침부터 저녁까지, 매일같이 보는데도 크리스마스마저 함께 보내는 것이 전혀 이상하지 않았던 사람들.

인생이 어떻게 흘러갈지 모른다지만 1년 사이 이렇게 바뀔 줄은 정말 몰랐다. 그들과 작별하게 될 거라는 것도, 크리스마스를 절에서 보내게 될 거라는 것도….

이런 생각에 서글픔이 밀려올 때쯤 어디선가 보살님의 목소리가 들려왔다.

"우리도 파티합시다."

우리가 절에서 지낸다고는 하지만 바깥 분위기를 모르지는 않을 거라 생각하셨나보다. 센스 있는 보살님께서 절에서 크리스마스를 보낼 우리를 위해 특별한 선물을 준비했다. 크리스마스 분위기를 한껏 살린 예쁜 케이크와 양파·마늘 토핑이 빠진 절 스타

일의 새로운 피자를 들고서.

우리는 케이크에 초를 꽂고 불을 켰다. 그리고 오신채가 빠진 특별한 피자를 맛있게 나누어 먹었다.

웃음꽃이 피어나며 우리만의 스타일로 이 시간을 즐겼다.

세상에서 가장 차분하고 평온한 파티를.

절에서 크리스마스를 맞이한 것도, 한 번도 먹어본 적 없는 색다른 피자를 먹게 된 것도, 얼마 전까지 전혀 알지 못했던 이들과 소중한 인연으로 이 시간을 즐기게 된 것 모두 놀랍고 감사한 일이다.

올해만큼 특별한 크리스마스가 또 있을까?

평생 잊지 못할 크리스마스라는 따스한 추억을 선물받았다.

86일차

괜찮다,
이제 다 괜찮다

이곳에서 지낸 날들이 쌓이다 보니 마음이 많이 안정되고 정화되었다. 처음에 나를 지배하던 분노, 억울함, 배신감과 같은 감정들이 절을 하며 많이 씻겨 내려갔고, 그 이후 수행을 하며 감정의 찌꺼기들이 정리되었다.

지금은 '내가 왜 그렇게까지 힘들어했지? 왜 그런 감정에 휩싸였을까?' 하는 생각이 들 정도로 그때의 감정들이 아득하게만 느껴진다.

절에서의 시간은 어디를 향하는지도 모르고 여기저기 헤맸던 내 마음을 나의 내면으로 향하게 해줬다. 마음을 고요히 하는 가운데 내게 일어나는 생각과 감정을 또렷이 관찰하고 또 관찰했다. 그렇게 내면을 향해 마음을 깊숙이 모아보니 지금까지 내게 일어난 일들이 이해가 모두 이해가 되었다.

그리고 더 명확해졌다. 모두 내 마음에서 비롯되었다는 것을, 모든 것이 내 마음의 반영이었다는 것을…. 그것을 깨닫게 되자 미워할 대상이 없고 용서할 상대랄 게 없었다.

생각이 거기까지 미치자 묵은해가 가기 전 인사를 전하고 싶었다. 죄송했다고, 그리고 감사했다고.

늘 마무리를 중요하게 생각해온 나인데, 직장 동료들과 제대로 인사다운 인사를 나누지 못한 것에 늘 마음 한켠이 시리고 아팠다. 그래서 한때 많이 아끼고 감사했던, 한때 많이 미워하고 원망했던 그들에게 진심을 담아 내 마음을 전하기로 했다. 방법은 간단했다. 편지를 쓰기로 한 것.

또박또박, 꾹꾹 눌러서 천천히 써 내려갔다. 한 글자 한 글자에 내 마음이 실릴 수 있도록….

종이를 가득 메운 글자들을 문자메시지로 옮겨 적었다. 과연 내 마음이 얼마나 전달될 수 있을지 의문이었지만 내가 지금 할 수 있는 최선이었다.

얼마 후 음성메시지가 도착했다. 담담한 목소리로, 차분하게 내게 말을 건네왔다.

첫마디를 듣는 순간 알 수 있었다. 나의 진심이 전해졌다는 것을. 그리고 그들의 진심 또한 느낄 수 있었다.

오랫동안 쌓여 있었던, 서로가 전하지 못했던 진심이 통한 듯 했다.

눈물이 펑펑 쏟아졌다. 주체할 수 없이 흘러내렸다.

아무도 없는 깜깜한 법당에서 한참 동안 그렇게 울었다.

그리고 가만히 내 마음을 들여다봤다.

'괜찮다. 이제 다 괜찮다.'

큰 안도감이 찾아왔다. 한 번도 느껴보지 못한 포근함과 아늑함이었다.

한동안 말없이 많은 눈물을 흘려보냈다.

마음속 깊이 오랫동안 해결되지 않았던 갈증이 해소되는 순간이었다.

87일차

기적이 기적을 부르고

4시 30분이 되자 어김없이 잠자리에서 몸을 일으켰다. 누웠던 이부자리를 정리하고 법당으로 내려가는데 왠지 다른 때보다 몸이 가볍게 느껴졌다.

오전 5시, 새벽 예불이 시작되었다. 목탁이 울리고 경전 독송과 함께 절을 올리기 위해 몸을 숙였다. 그런데 몸이 너무나 가뿐한 것이 아닌가! 어제까지만 해도 무릎과 다리 통증으로 인해 바른 자세로 절을 하고 일어날 수 없던 상태였다.

다른 사람이 보기에도 민망할 정도로 엉거주춤한 자세로 절을 할 수밖에 없었던 내가 무릎과 다리 통증 없이 거뜬하게 일어나고 앉을 수 있었다.

도대체 얼마 만인 건지, 이런 내 몸 상태에 나는 감격할 수밖에 없었다.

어떻게 하루아침에 고통이 사라질 수 있는 걸까? 누가 요술이라도 부린 것 같았다.

너무나 기쁜 마음에, 너무나 신이 난 나머지 더 열심히, 더 많이 절을 했다.

정말 괜찮은 건가 확인하고 싶어서, 통증 없이 내 몸을 움직일 수 있다는 것 자체가 감격스러워서, 감사한 마음으로 기쁘게 절을 올릴 수밖에 없었다.

마음속 묵은 감정이 내려갔기 때문인 걸까? 그래서 몸도 자연스럽게 풀린 것일까?

뒤늦게나마 편지와 음성으로 서로의 마음을 주고받을 수 있었다. 진심 어린 애정과 애틋함을 확인하게 된 순간 막혔던 체증이 쑥 내려간 느낌이었다. 왜 그렇게 미워하고 분노했나 싶을 만큼 모든 것이 눈 녹듯이 녹아내렸다.

'다들 힘들어서 그랬구나. 마음의 문이 닫혀 있어서 상처 주는 말과 행동을 했던 거구나.'

서로를 이해하는 언어가 달랐을 뿐 나쁜 사람이어서도, 악한 의도를 가지고 했던 말도 아니었다.

진심으로 서로를 응원해주고 다시 웃으며 만날 날을 기약했다.

그동안 매듭짓지 못했던 마무리를 잘함으로써 모든 것이 해소되었다.

마음 속 응어리가 풀리니 몸의 변화가 일어난 것 아닐까? 몸은 거짓말을 하지 않으니까.

몸도 마음도 본래의 자리를 찾아가고 있다.

그렇게 나는 본래의 나로 되돌아가고 있다.

88일차

하라는 대로 했을 뿐

지난 석 달 동안 내 모습을 쭉 지켜본 어느 보살님이 내게 말을 건넸다.

"볼 때마다 달라진 민정 씨의 모습에 놀라요. 점점 더 밝아지고 환하게 웃는 모습도 자주 보게 되니 저 역시 흐뭇하고 참 좋습니다. 그 비결이 뭘까요?"

남들이 보기에 내가 그렇게 많이 변했나 싶어 쑥스러웠다. 사실 외적인 변화는 크게 느끼지 못하기도 했는데….

하지만 내적인 변화는 분명 일어나고 있었다.

여기 처음 들어왔을 때를 생각하면 몹시 불안하고 위태로웠으니까. 날카로운 칼날 위에 서서 휘청거리는 듯했고, 활활 타오르는 뜨거운 불구덩이 속에 갇힌 느낌이었다.

그랬던 내가 언제 그랬냐는 듯 고요히 흐르는 강물을 여여하게 지켜보는 이의 마음처럼 평온하게 지금 이 순간을 보낼 수 있다. 마음이 많이 편해졌고, 행복하다는 감정을 자주 느끼게 됐다. 처음부터 나를 지켜봐왔던 이들에게는 거대한 변혁이 일어난 것처럼 느껴질 수도 있으리라.

그래서 그런지 보살님은 내가 매일 어떻게 보내는지, 무엇을 하며 지내는지 구체적으로 물어왔다. 나는 보살님의 물음에 하나씩 차근차근 이야기를 풀어놓았다.

"그래서 그랬던 거군요. 민정씨는 스님이 하라는 대로 다 하니까 그렇게 마음의 평화를 얻을 수 있었군요. 우리는 하라고 해도 하나도 잘 못해요. 그러니 괴로움을 붙들고 살죠."

매일 3~400배의 절을 하고, 4~5시간 동안 경전을 읽었다. 하루에 웃는 횟수를 세어 기록했고, 그때그때 떠오른 생각이나 감정들, 배우고 느낀 것들을 일지로 써서 스님께 올렸다. 이것들을 특별하게 생각하지 않았고, 대수롭지 않게 여겼다. 그것이 큰 힘이 되어 나를 살리고 있었다는 것을 미처 자각하지 못한 채 지내왔다.

그랬다. 내가 스님의 모든 말씀을 다 따르고 있었다. 하라는 것은 의심 없이 다만 했을 뿐이다. 물론 단순히 수동적으로 취한 것이 아니라 지혜로운 분의 말씀을 적극적으로 행했다. 또한 해보기도 전에 미리 의심하거나 고민했던 것이 아니라 말씀 그대로를 받아들였다. 그랬더니 일찍이 본래의 나를 회복할 수 있었고, 평온함과 행복감이 절로 따라온 것이다.

'아, 그러면 되는 거구나!'

성공하고 싶으면 성공한 사람을 따라하면 된다고 했다. 어느 분야의 전문가가 되고 싶으면 그 분야의 전문가가 했던 경험과 과정들을 따라하라고 했다. 나보다 먼저 길을 걸어본 사람의 이야기를 우선 따라가보는 것이다. 거부감을 가지지 말고 그냥 해보는 것이 중요하다. 해보고 나와 맞지 않으면 안 하면 되는 일이다. 이것이 나와 맞다 안 맞다, 옳다 그르다를 따지고 계산하기 전에 지혜를 가진 이의 말에 일단 귀기울여보는 것이 중요하다.

따지거나 재지 않고 일단 해보는 것이 최고의 학습법인 것 같다. 그게 마음 공부든, 학문이든, 기술이든 혹은 어떤 다른 것이든….

89일차

안팎이 같은가

2018년 마지막 법회가 있었다. 묵은해를 보내는 마지막 법회라 그런지 그 어느 때보다 신도들이 많이 참석했다.

"좋은 일도 많이 있었겠지만 뜻대로 안 되는 일도 많았겠지요? 일이 잘 안되고 잘 안 풀린다면 내 마음 안팎이 같은지를 살펴보세요."

'내 마음은 안과 밖이 같았을까?'

스님의 말씀이 오랫동안 내 머릿속을 유영했다. 그토록 원했지만 잘되지 않았던 일, 내가 노력하는 것과는 전혀 다른 결과가 나왔던 일들이 생각났다.

나의 소망과는 상관없이, 전혀 의도치 않은 방향으로 흘러갈 때면 좌절하고 실망했다. 무엇이든 간절히 바라면 이루어진다는 말은 거짓이라고, 우주가 나를 돕는다고 하더니 어째서 이 모양이냐고 탄식하던 적도 있었다. 그런데 지금에서야 알 것 같았다. 무언가를 원하고 갈구하는 바깥 마음과 나의 안쪽 마음이 같지 않았다는 것을, 이 둘이 같은 방향을 바라보고 있지 않았다는 것을….

몸이 한참 아팠을 땐 건강하고 싶다며 병원이란 병원을 쫓아다니고 약을 먹고 애를 썼지만 안쪽 마음에선 아픈 내 자신을 미워했고 힘들다며 투정부리고 짜증을 내었다.

소중했던 사람들과 사이가 멀어졌을 땐 그 사이를 좁혀보려 억지로 시간을 함께하기도 하고 선물을 준비하기도 했지만 안쪽 마음에선 자연스러운 기쁨보다는 불편과 염증을 느끼기도 했다.

실제로 원한다고 갈구하던 바깥 마음과 안쪽 마음이 이렇게도 일치하지 않았는데 어떻게 이루어질 수 있었을까. 마음처럼 되지 않는다고 애달파했던 여러 기억들이 스쳐 지나간다.

원하는 것에 욕심만 낼 것이 아니라 그에 걸맞은 마음을 품어야 한다는 말을 가슴 속에 담아본다. 새해에는 부디 마음의 복전(福田)에 심어둔 지혜의 말씀을 꺼내어 쓸 수 있기를 바라며….

90일차

정교하게 짜 맞추어진 각본

'2천 500년의 세월을 뛰어넘은 석가모니의 말씀이 어떻게 지금 내게 왔을까?'

불자도 아니었고, 다른 종교에도 특별히 관심이 없었다. 더군다나 불교 경전은 뭐가 있는지조차 몰랐다. 그런 내 손에 《법화경》이라는 것이 주어졌다. 그리고 이 책을 서른 번 가까이 읽고 있다.

도대체 이 책이 왜 내게 왔을까. 스님은 왜 내게 이 책을 읽으라고 하셨을까.

시절인연(時節因緣)이라 했던가. 분명 이 책이 지금 나에게 온 이유가 있으리라는 생각이 들었다. 두 번 이상 반복해서 책을 읽는 것이 어려운 요즘 같은 세상에 존재조차 몰랐던 책을 왜 수없이 반복해서 읽게 되었는지가 궁금했다. 풀리지 않아 나를 답답하게 만드는 수수께끼를 마음속에 끌어안고 있었다.

오늘에서야 그 이유를 알 것 같다. 내가 왜 절에 오게 되었는지, 왜 외부와의 접촉 없이 100일의 시간을 가져야 했는지, 왜 만 배를 하고 경전을 읽어 내려가야 했는지….

'나'라는 사람을 이해하기 위해서였다. 내 마음을 어떻게 다루어야 하는지 그 방법을 알기 위해서였다. 나 자신에게, 나와 인연 맺은 이들에게, 내가 살아가는 세상에 다정해지기 위해서였다.

소중한 사람들과 갈등을 겪고, 끔찍한 신체적·정신적 고통을 겪을 때는 그게 나에게 내려진 형벌 같았다. 그러나 돌아보니 그것들은 나의 배움을 위해 일어난 일이었다. 그러한 고통을 겪었기 때문에 절에 들어올 수 있었고, 덕분에 진정한 행복을 알게 되었으니 말이다. 이 모든 과정이 마치 완벽하게 짜놓은 각본처럼 느껴졌다.

이 시간이 없었다고 생각해보니 끔찍하다. 여전히 아침부터 밤까지 정신없이 살고 있었을 것이다. 눈 뜨면 출근하고 밤 되면 퇴근하는 똑같은 일상을 반복하며 시간에 휘둘리고 질질 끌려다녔을 것이다.

여기서의 시간 덕에 내가 어떻게 살아가는 존재인지를 깨달을 수 있었다. 매일 매일이 '지금 여기'에 깨어 있는 연습이었고, 삶에 대한 고마움, 인연에 대한 고마움, 세상에 대한 고마움으로 가득 채운 시간이었다.

이젠 나 혼자가 아니라는 것을, 나 홀로 힘겹게 살아가야 하는 존재가 아니라는 것을 알게 되었다. 지금껏 혼자 감당해야 한다는 생각에 많이 외로웠고, 쓸쓸했다. 세상이 두렵기도 했다. 그런데 지금까지 너무나 많은 도움을 받고 살았고, 앞으로도 그 도움 덕분에 잘 살아갈 수 있다는 것을 알게 되었다. 힘든 일이 있어도 얼마든지 이겨내고 극복해낼 수 있을 힘을 얻은 소중한 시간들이다.

나란 존재에 대해 이해하고, 지금 여기에서 행복하게 지낼 수 있는 방법을 알고, 내가 어떻게 살아가야 할지도 알게 되었으니, 나를 위한 이보다 완벽한 각본이 또 어디 있을까.

92일차

12월 31일

한 해의 마지막 날, 내 마음은 뿌듯하고 감사할 뿐이다.

칠흑 같은 어둠 속에서 가시덤불에 온몸을 긁히며 끝없이 걷고 있는 것과 같았던 내가 잘못된 방향으로 가지 않고, 방황하지 않고, 홀로 좌절하지 않고, 이렇게 밝아지고 회복된 것에 감사하다.

어둠 속을 헤맬 때, 내가 나를 포기하지 않아서 고마웠고, 그 덕분에 좋은 인연을 만나 몸도 마음도 건강하게 회복할 수 있었다. 그 어느 때보다 치열하면서도 의미 있는 한 해를 보냈다.

문득 나에게 편지가 쓰고 싶어졌다. 노트와 펜을 꺼내 한 자 한 자 나에게 하고 싶은 말을 써내려갔다.

To. 민정

가끔씩 말을 건네기는 하지만 이렇게 정식으로 편지를 쓰는 건 오랜만이네.

요즘 아주 편안하지?

올해 초, 네 마음은 어땠니? 많이 힘들어하고 외로워했잖아. 다른 사람에게 많이 서운해했잖아. 그런데 그건 가장 아끼고 소중히 보살펴줘야 할 너의 존재를 네가 소중하게 아껴주지 않아서 그랬던 거야. 네가 너를 귀하게 돌봐줬어야 했는데 다른 이에게 의지하고 기대하다 보니 나약한 마음이 찾아왔던 거야. 타인에게선 절대 구할 수 없고 절대 채울 수 없는 건데 말이야.

이젠 너도 알지? 모든 것은 변한다는 것을… 그때그때의 인연에 따라 변할 수밖에 없다는 걸….

오고 가는 자연스러움을 그대로 받아들이고 허용하자. 좋아하는 것에 집착하거나 싫어하는 것을 크게 거부할 필요도 없어. 그 모든 것은 네가 만든 관념이자 편견일 뿐이니까.

그리고 네 안에 있는 소중한 재능을, 너에게 주어진 귀한 역할을 잘 쓰도록 하자.

모든 존재 덕분에 네가 살아갈 수 있음을 알고 모두가 행복하고 이로운 세상을 만들기 위해 네 힘을 보태며 살아가자. 많은 도움 받아 살아가고 있잖아. 이 세상에 보답하자.

무엇보다도, 넌 너무나 소중한 존재란 걸, 너무나 귀한 존재라는 걸 잊지 마.

고맙고 사랑한다!

내게 진심으로 말을 건네자 마음 속 깊은 곳에서 따뜻하고 평온한 기운이 가득 차올랐다. 내년에는 좀 더 지혜롭게 살아갈 수 있으리란 용기가 솟아났고, 내 삶을 주도적으로 살아가리라는 의지를 품을 수 있었다.

짙은 어둠이 내리고 나면 밝은 새벽이 찾아오듯이, 비가 내린 뒤 맑게 갠 하늘을 맞이하듯이, 내 인생에도 희망의 빛이 깃들고 있음을 알아채는 밤이다.

#93일차

오늘이 나의 미래다

새해가 밝았다.

새해를 맞이하기 전 해묵은 감정을 씻어내서일까. 몸에서 나쁜 기운이 빠져나가서일까.

모든 것이 홀가분한 상태로 몸과 마음이 리셋된 것 같은 기분이었는데 그에 맞춰 2019년의 첫날을 맞이했다.

실은 매일 매일이 새날이지만, 달력의 '1월 1일'이라는 숫자를 보니 가슴이 두근거렸다. 건강하고 깨끗한 마음으로 한 해를 시작하게 되었다는 기쁨과 감사함 때문에 마음이 풍선처럼 부풀어 올랐다.

오늘도 선물받은 24시간 1,440분을 어떻게 만들어갈지는 나에게 달려 있다.

지금 여기에서 숨쉴 수 있음에, 건강히 살아 있음에 감사할 줄 안다면 어떻게 오늘이 빛나지 않을 수 있을까? 희망이 늘 내 옆에 있단 걸 어찌 모를 수 있을까?

오지 않은 미래에 대해 걱정하며 보낼 때가 많았는데 전혀 걱정할 일이 아니었다.

하루를 어떻게 보낼지에 대한 선택권은 매번 나에게 주어져 있으니 미래에 대한 근심일랑 털어버리고 바로 오늘을 잘 살아가면 되는 것이다.

오늘이 나의 미래다.

오늘이 모여 내일을, 나의 미래를 그려가는 것임을 잊어버릴 때가 많았다. 사회 시스템에, 조직에, 다른 사람에게 맞춰 살아가야 하는 줄만 알았다.

이제 나는 알았다. 모든 것이 내게 달려 있음을….

내 생각과 선택에 따라 미래가 만들어진다는 걸, 내가 삶의 주인이라는 걸 분명히 이해하기에 더 이상 다른 사람에게 이 권한을 넘겨주지 않기로 한다. 나에게 이롭고 긍정적인 생각을 선택하고, 나 스스로 행동을 결정하면서 하루하루를 멋지고 아름답게 만들어가려 한다.

새해 첫날인 지금, '모진 비바람이 몰아치고 태풍이 찾아와도 휩쓸리지 않으리!'라는 각오가 충만하다. 거친 파도가 나를 삼키려 해도 그 흐름을 유연하게 잘 타고서 자연스레 넘길 수 있다는 자신감도 뿜뿜 솟구친다.

날이 날이니만큼 오늘만큼은 이렇게 당당히 외치고 싶다.

반가워, 2019! 올 한해 나와 함께 잘 지내보자꾸나!

94일차

나에게 좋은 것이 다른 사람에게도 다 좋은 것은 아니다

오늘은 신년 법회가 있던 날이라 많은 신도들이 가족과 지인들과 함께 왔다. 평소에는 오지 않았던 배우자나 자녀를 이끌고, 혹은 별다른 관심이 없어 보이는 친한 지인들을 데리고 온 모양이다. 날이 날이니만큼 스님의 좋은 말씀을 들려주고 싶고, 절의 좋은 기운을 받아갔으면 하는 마음이리라.

북적북적하게 법당을 가득 메운 이들 가운데 누군가 가볍게 흘린 말들이 내겐 결코 가볍게 지나칠 수 없는 말로 다가왔다.

"절에 오는데 단정하지 못하게 그게 뭐니. 점잖게 옷을 입어야지. 머리는 또 그게 뭐고."

"SKY 대학은 가야 떳떳하게 얼굴 들고 다닐 수 있어. 온 김에 열심히 기도해."

그러한 말 뒤엔 모두가 똑같은 말들이 이어졌다.

"다 너 잘되라고 하는 소리야. 너 좋으라고 하는 말이야."

정말 그러할까? SKY 대학을 가야만 떳떳하게 얼굴을 들 수 있는 것이고 찢어진 청바지와 염색한 머리는 단정하지 못한 차림일까.

대학에 가든 가지 않든지, 부모의 기대에 못 미치는 대학에 가더라도 누구나 떳떳하게 얼굴을 들고 다닐 수 있어야 한다. 왜 SKY 대학에 가야만 떳떳하고 그렇지 못하면 떳떳하지 못하단 말인가. '떳떳하게'라는 말은 부모의 체면을 지키기 위한 말일 뿐이다. 거기에 '너를 위한다'라는 말을 덧씌워 포장했을 뿐.

옷 역시도 스스로를 나타내기 위해, 본인이 원하는 대로 입을 뿐 패션에는 옳고 그름이 없는데 부모가 원하는 기준에서 벗어났다고 해서 단정하지 못한 사람이 되어버린다.

이게 자녀를 위한 것일까? 진심으로 자녀를 생각해서일까?

그 본질을 들여다보면 상대를 위한 것이 아니라 내 맘에 들기 위함이다. 나의 만족을 위해 '상대에게 좋은 것'이라는 이름을 붙일 뿐, 내 마음 편하자고 내가 가지고 있는 관념과 기준을 상대에게 들이밀고 있다.

사람들은 모두 착각을 한다. 자기에게 좋은 것이 다른 사람에게도 좋을 거라고. 그래서 자기도 모르게 애정이란 이름으로 강요와 억압을 하고 사랑이란 이름으로 폭력을 자행하기도 한다. 그런데 그것의 실상은 모두 자기 욕심에서 비롯되는 것.

나의 기준으로 상대를 판단해서도, 강요할 수도 없다. 정말 상대를 위한다면 각자의 선택을 존중하고 있는 그대로를 인정하는 것이 진정 할 일이다.

내 귀를 스친 그 말들이 나에게 많은 질문을 던진다.

나도 모르는 사이 나만의 편견과 잣대로 상대를 평가하고 강요했던 지난날들에 대한….

95일차

세상에서 가장 작은 키다리 아저씨

처음에는 100일을 어떻게 보낼까 싶었는데 그 말이 무색할 만큼 100일이 성큼 코앞에 다가왔다.

절에서 지내면서 참 감사하고 행복한 인연을 많이 만났다.

내가 생활하는 동안 이모저모 살뜰히 챙겨주신 많은 분들을 떠올려보았다. 젊은 사람이 절에 들어와 있기가 쉽지 않은데 대단하다고 나를 추켜세우며 격려해주신 분들도.

그들이 내게 보내주신 따뜻한 눈빛과 부드러운 미소, 함께 나눈 웃음들이 떠올라 가슴이 뭉클했다. 저도 모르게 눈가에 눈물이 촉촉이 배어나왔다.

고개 숙여 남몰래 눈물을 훔치고 있는데 조용히 옆에서 작은 손 하나가 불쑥 튀어나왔다. 고사리 같은 손에는 휴지가 쥐어 있었다.

언제부터 내 모습을 지켜봤던 것일까. 절에서 지내면서 가장 의지가 되었던 사람이 바로 행자님이었다. 나의 소중한 벗이자 작은 스승이었던 행자님…. 그와 눈이 마주치는 순간 눈물이 왈칵 쏟아졌다. 벅찬 감사의 눈물이었다. 급히 화장실로 도망치듯 들어가버렸다. 그렇게 한참 눈물을 쏟아내고 한 20여 분이 지났을까. 몇 번이나 숨을 고르고 스스로를 진정시킨 후에야 화장실을 나올 수 있었다.

법당으로 발걸음을 옮기려는 순간, 문 앞을 지키고 있는 한 사람이 보였다. 한참 동안 나를 기다렸을, 세상에서 가장 작은 키다리 아저씨가 내 눈앞에 서 있었다.

두 손을 모은 채 작은 어깨 아래로 가장 넓은 가슴을 품고서.

96일차

고독,
고립이 아닌
진정한 연결의 문

고독을 자처했다.

나를 힘들게 하는 모든 것에서 벗어나고 싶어서, 여기서 그만두지 않으면 그 고통에 잠식되어 내가 사라질 것만 같아서, 지옥 같은 현실이 더 이상 나를 갉아먹지 못하도록 멀리 달아나고 싶었다.

절에서 살아보기 전까진, 일상을 벗어나 고독을 선택한 것이라 여겼다. '나'라는 존재가 바깥세상과 단절한 채 따로 떨어져 있다 생각했는데 살아보니 그게 아니었다. 오히려 더욱더 연결되어 있음을 확인할 뿐이다.

홀로 떨어져 지내는 동안 미처 몰랐던 나를 향한 많은 관심과 사랑을 발견했다. 나를 믿어주는 가족과 친구들이 있었고, 나를 궁금해하고 응원해주는 지인들, 바라는 것 없이 나에게 베풀어주는 많은 사람들이 존재했다. '내 주위에 나를 아껴주는 사람들이 이렇게 많았구나'라는 걸 새롭게 알게 됐다.

미워하고 원망했던 사람들을 이해하고, 나를 돌아보게 만들었다. 이러한 시간을 가지지 않았더라면 여전히 원망하고 미워하며 허탈하게 끝나버린 인연에 대한 씁쓸함만이 남았을 것이다. 그러나 그들과 진정한 화해를 이룰 수 있었고, 그 상처까지 치유되는 선물을 받았다.

또한 매일 반짝이는 햇살과 마주하고 예쁜 꽃을 들여다보면서 자연과도 깊은 교감을 나누었다. 자연은 늘 그 자리에 나와 함께 하면서 지금 이 순간, 내게 많은 즐거움과 큰 기쁨을 주는 친구가 되어주었다.

무엇보다 나 자신, 참된 나와의 진정한 연결을 경험했다. 나에게 질문하는 시간이 많아지고 깊어질수록 내가 어떤 사람인지를 더 잘 이해할 수 있었고 나의 아픔마저 안아줄 수 있었다. 나를 더욱더 소중히 여기고 돌볼 줄 아는 사람이 되었다.

이 시간 나는 홀로 있되 혼자이지 않고, 더 이상 외롭거나 쓸쓸

하지 않다. 나와 사람들과 세상이 언제나 연결된 존재임을 깨닫는다.

지금, 여기에서의 고독은 고립이 아닌 진정한 연결의 문이었다.

97일차

경전을 30회독 하고 보니

처음에는 무슨 말인지 몰랐다. 이해가 안 되더라도 무작정 읽었다. 꼼꼼하게 읽는다고 읽었는데 10회독을 해도 처음 보는 내용들이 나왔다. 어떨 때는 너무 읽기가 싫었고 지루했다. 책 한 장 넘기기가 만만치 않았던 날도 있었다. 108회독을 해야 한다는 생각을 하면 너무 까마득해서 숨이 턱 막힐 것 같았다.

어느 순간, 그 생각을 내려놓았다. 그저 내가 하는 데까지 해보자는 생각으로 읽었다.

처음엔 2시간 동안 바닥에 바른 자세로 앉아 있는 것 자체가 곤욕이었다. 허리도 다리도 서로 아프다고 아우성을 쳐 집중이 흐트러지기 일쑤였다. 경전을 읽는 시간이 매우 길게만 느껴졌다.

그런데 한 달이 지나고 두 달이 지나 경전을 읽은 지 60여 일쯤

되었던가. 지겹게만 느껴졌던 경전이 너무나도 재미있어서 시간 가는 줄 모르고 읽었다. 경전에 쓰인 그 비유가 무엇을 말하는지 그 뜻에 다다르자 깜깜한 동굴에 환한 빛이 들어선 것 같았다. 눈앞을 가리던 자욱하던 안개가 깨끗하게 걷힌 기분이었다.

20회독을 하자 희미했던 것들이 점점 또렷해져갔다. 바른 이치와 진리의 말씀에 다다른 듯한 황홀감과 환희는 이루 말할 수 없는 큰 기쁨으로 찾아왔다.

그때서야 알았다.

모르는 것들도 의심이나 편견 없이 받아들이면, 때가 되면 열린다는 것을.

예전의 나는 그러하지 못했다. 내가 못하는 것, 하기 싫은 것은 무조건 거부했다.

'나는 이런 거에 소질 없어. 난 이런 게 안 맞아.'

그렇게 나의 가능성을 제약하고 제한했다.

그러나 반복을 이기는 힘은 없었다. 아무리 생소하고 어려운 것, 내가 도저히 해내기 어려운 것들도 반복하다 보니 점차 내 안에 스며들었다. 저절로 얻게 되는 순간이 왔다.

반야심경을 외우려 한 적도 없는데 지금은 입에서 줄줄 나온다. 전혀 이해가 가지 않던 경전의 내용이 섬광처럼 가슴에 닿는 순간을 맞이한다.

조바심만 내지 않고 그저 묵묵히 해내면 무엇이든 내 것으로 만들 수 있다는 걸, 반복의 위대한 힘을 경험함으로써 배우게 됐다. 경전 30회독을 하며 얻게 된 소중한 결실이다.

99일차

회향廻向

수행과 기도를 시작할 때를 입재라 한다면, 마치는 것을 회향이라 한다. 그 회향을 하루 앞두고 있다.

만감이 교차한다. 괴로움의 소용돌이에 휩싸인 나를 구제하고, 매일 스스로를 돌아보게 해주신 스님, 낯선 이방인이었던 나를 가족으로 받아줬던 행자님과 함께 살았던 사람들, 따뜻한 눈빛과 말들로 나의 몸과 마음을 보살펴주었던 신도님들(감히 함께 길을 걷는 '도반' 이라고 칭하고 싶다)….

이분들 덕분에 환하게 웃음 짓고, 지금 여기에서 행복할 수 있는 나와 만날 수 있었다. 그 고마운 마음을 작게나마 표현하고 싶어 편지를 쓰기 시작했다. 한 분 한 분의 얼굴을 떠올리며 글자를 적어 내려갔다. 가슴에는 따뜻함이 몽글하게 차오르고 눈에는 어느덧 눈물방울이 맺혔다.

내일이 회향이라는 소식을 듣고 나와 공양을 함께하기 위해 평소보다 많은 분들이 모이셨다. 석 달이 넘는 시간 동안 나를 봐왔던 보살님들도 아쉬운 마음은 매한가지인가보다. 특별한 날도 아닌데 나를 위해 맛있는 음식을 만들어주었다. 채 썬 무로 만든 무전에, 들깨를 넣은 미역국에, 따뜻한 쌀밥까지….

밥을 다 먹은 후에는 케이크에 초를 켜 큰소리로 노래를 불러주었다.

모두가 같은 마음이었을까. 서로의 눈을 쳐다보는 순간 울컥하고 눈물을 쏟아냈다. 100일이란 시간 동안 몸과 마음을 회복한 건 나인데 모두가 자신의 자랑인 양 진심으로 축복해주었다. 어쩌면, 나에게서 자신들의 모습을 보았는지도 모르겠다.

고통 속을 헤매던 작고 유약한 존재가 잃어버렸던 행복을 찾은 모습에, 안도감을 느끼고 희망을 보았을지도.

100일차

단 하루도 배우지 않는 날이 없었다

절한 횟수 50,000배.

경전 30회독 21,540 페이지.

수행 약 1,000시간.

절에서 지낸 일수 100일.

현실이 지옥 같아서, 불구덩이 속에서 허우적대는 나를 살리고 싶어서 찾아온 것이 절이었다. 무엇이 나를 이토록 아프고 힘들게 하는 것인지 알고 싶었고, 그저 이 끔찍한 고통에서 벗어나고 싶은 간절한 소망뿐이었다.

들어오기 전엔 이렇게 많은 절을 할 거라고 상상하지 못했다. 이렇게나 수없이 경전을 읽을 거라고도 생각하지 못했고, 이토록 오래 수행을 하게 될 거라는 것도 알지 못했다.

아무것도 알지 못한 채 '오늘, 지금 이 순간'을 충실히 보냈을 뿐이었다. 그런데 나도 모르는 사이 몸과 마음이 건강해졌다.

나를 괴롭히던 고통에서 벗어났다.

만나는 인연이나 사건, 상황들이 '모두 내 마음에서 비롯된다'라는 것을, 삶의 고통이나 아픔은 상대나 상황 탓이 아닌 내 '생각' 때문이라는 것도 알았다.

잘못된 허상의 껍질을 벗어던지니 한없이 자유로웠다.

나를 조여오던 감옥에서 탈출했다고나 할까.

내 눈앞의 모든 인연이 내 스승이었고 위대한 가르침이었다.

무엇보다 지금, 여기에서 행복할 수 있는 방법을 알게 됐다.

내가 잘한 일이라면 멈춰야 할 때 멈출 줄 알았고, 매일같이 지금 여기에 머무르는 연습을 했다는 것이다.

그러자 지금 이 순간을 온전히 즐길 수 있게 되었다.

그렇게 나는 아직 오지 않은 행복보다, 지금 내 눈앞에 있는 행복을 만끽하며 살아갈 힘을 얻게 되었다.

에필로그

오늘에 충실하며
삶을 가볍게 살아간다

결과적으로 말하면 모든 것을 내려놓고 절로 향했던 내 선택은 매우 훌륭했다.

현실의 고통을 탈피하고자 찾아간 절에서 100일간 생활하며 나는 몸과 마음의 건강을 회복했다. 그리고 '지금 여기'에서의 진정한 행복을 배워갈 수 있었다.

아무도 가르쳐주지 않았고 어느 누구도 말해주지 않았던, 나를 들여다보고 마주하는 법을 알아갔다. 나의 감정을 바라봐주고 많이 아파했던 나에게 공감하며, 나 자신에게 진솔하게 묻고 답하며 스스로를 돌보는 시간이었다.

나와 마주하는 시간만큼 나를 더 이해하고 사랑하게 되었다.

혹자는 절에서 나온 이후의 내 삶이 어떠냐고 묻는다.

삶에 드라마틱한 변화가 찾아온 것은 아니다. 회사와 집을 오가는 지극히 평범한 일상을 보내다가 이따금씩 힘든 일이 찾아와 힘들어하기도 하고 어리석은 선택도 하면서 많은 분별을 하고 살아간다. 좋으니 싫으니, 옳으니 그르니를 따지는 내 모습을 보면 우습기도 하다.

여전히 스스로 일으킨 번뇌로 괴로움을 만들기도 하지만, 그럼에도 내가 다시 행복할 수 있는 자리, 나다운 자리로 재빨리 돌아오곤 한다.

서툴고 어설픈 내 자신을, 나와는 많이 다른 상대를, 생각대로 흘러가지 않는 내 삶을 받아들이는 자세가 조금은 더 유연해졌다고나 할까.

무엇보다도, 나만의 리듬과 나만의 보폭으로 오늘을 살아가고 있다.

내 삶에 감사하고 만족할 줄 알고, 지금의 내 모습을 긍정하고 아낄 줄 안다.

내가 마주한 현실에서 행복한 순간들을 조금은 더 자주, 조금 더 많이 발견할 줄 안다는 선물을 받은 게 가장 큰 축복이라 할 수 있다.

더 이상 행복이 다른 곳에 있지 않음을, 저 멀리 있는 것을 구하느라 힘 빼고 용쓰지 않아도 된다는 걸 알기에 이젠 삶이 무겁지도, 부담스럽지도 않다.

그러하기에 지금 이 순간에 충실하면서 오늘을 가볍게 살아간다.

단지 그뿐이다.